DE LA SORCIÈRE À LA RICHESSE

UNE PETITE ENQUÊTE DES SORCIÈRES DE WESTWICK

COLLEEN CROSS

Traduction par

ELISE DELAHAYE

COLLEENCROSS.COM

DU MÊME AUTEUR

Fraudes : Thrillers judiciaires de Katerina Carter

Stratégie de sortie: Crimes et enquêtes

Theorie des jeux

Formule mortelle

Mise au vert

Rouge vif - Nouvelle

Lune Bleue - Roman court

La Couleur de l'argent : Enquêtes criminelles de Katerina Carter (Coffret 3 volumes)

Thrillers judiciaires de Katerina : Tomes 1 et 2

Thrillers judiciaires de Katerina Carter : Tomes 3 et 4

Les Petites Enquêtes Surnaturelles des Sorcières de Westwick

Charmée de Vous Rencontrer

De la Sorcière à la Richesse

Le sort vers la gloire

Enquêtes Surnaturelles des Sorcières de Westwick

Site Web :

http://www.colleencross.com

Inscrivez-vous à son bulletin d'information pour être immédiatement informé de nouvelles parutions !

http://eepurl.com/c1hzCv

DE LA SORCIÈRE À LA RICHESSE

UNE PETITE ENQUÊTE DES SORCIÈRES DE WESTWICK

Au sujet des Petites Enquêtes Surnaturelles Des Sorcières de Westwick

Des sorcières, des gangsters, et une vendetta à Vegas... Comment cela pourrait-il mal tourner ?

Faites vos jeux...

Une Petite Enquête Surnaturelle Des Sorcières de Westwick

Décidément, Cendrine West n'a jamais de répit. Pourtant, ça s'annonçait bien : elle allait décrocher un nouveau travail, et ça se passait plutôt avec le sexy shérif de sa ville, l'agréable Tyler Gates... Et voilà que tout d'un coup, sa renégate de Tante Pearl la kidnappe, bien décidée à venger l'assassinat de l'une de ses amies. Tout le monde part à Vegas... Mais pas pour de bonnes raisons.

Rocco Racatelli est un baron du crime de Vegas, costaud comme tout, et surtout le prochain nom sur la liste. Dame Chance ne lui a pas souri du tout, et lui aussi cherche la revanche. La Tante Pearl est un peu trop enthousiaste à l'idée de l'aider, et son Projet Vegas Vendetta bascule très vite à la guerre de gang sans merci. Tandis que nos sorcières se retrouvent plongées dans le monde de la pègre, les corps s'empilent de plus en plus, et les secrets ne mettent que trop de temps à se révéler !

En plus, il n'y a pas que la chaleur de Las Vegas qui soit écrasante... Rocco, quant à lui, a bien l'intention de s'attirer les tendresses de Cen. Mais elle n'a d'yeux que pour l'homme qu'elle a laissé à Westwick Corners. Tout ce qu'elle a à faire, c'est résoudre un meurtre, dépasser en magie sa criminelle de tante, et dévoiler les dessous de cette affaire criminelle. Comment est-ce que tout ça pourrait mal tourner, hein ?

Quand le crime organisé rencontre la magie désorganisée, tout va de travers ! Et en même temps que les cadavres s'accumulent, il devient de plus en plus évident qu'il faudra autre chose à Cen qu'un mirage en plein désert pour arranger les choses.

Les livres de cette série peuvent être lus dans n'importe quel ordre.

* * *

Westwick Corners est loin d'être une petite ville normale. Ou d'être une ville fantôme normale, d'ailleurs. C'est l'endroit rêvé où disparaissent les gens qui ne veulent pas attirer trop d'attention sur eux, et c'est aussi parfait pour que les sorcières pratiquent leur magie sans problèmes. Cette combinaison occasionne des enquêtes fort intéressantes et très humoristiques, où nos sorcières sont toujours de la partie?!

Entre Ruby et ses essais de cuisine, Cendrine et ses enquêtes d'amatrice, et l'école de magie de Pearl, tout le monde cherche à trouver l'ingrédient miracle qui apportera gloire et fortune aux sorcières et redorera le blason de Westwick Corners. Elles sont perpétuellement en quête de nouvelles affaires en espérant qu'elles fonctionneront, comme l'Auberge de Westwick Corners, le Witching Post Bar et Grill... Ou, bien sûr, l'École de Charmes de Pearl, où les sorcières vont déchiffrer des énigmes, lier des sortilèges, et créer leurs propres mystères. C'est juste dommage qu'elles soient sans arrêt perturbées parce qu'il y a continuellement des choses étranges dans l'ombre de Westwick Corners, du simple délit au meurtre.

La Famille West est quant à elle depuis toujours à Westwick Corners et y restera pour l'éternité. Elles descendent d'une longue lignée de sorcières qui habitent là-bas depuis le début des temps. Des sorcières qui s'affairent à éclaircir les mystères, résoudre les crimes, et assister ceux dans le besoin. Ensemble, elles forment une femme à tout faire, car donner un coup de main à son prochain, ou donner un coup de baguette, ça vient tout seul quand on vit dans une petite ville, non?? Et tout le monde aide. Même Grand-Mère Vi, le fantôme, enquête à l'occasion. Le problème c'est que personne ne s'accorde jamais?! Si vous aimez les énigmes, l'humour, et les enquêtes surnaturelles, vous adorerez cette série?! A la fois disponible en ebook ou en livre.

CHAPITRE 1

J'avais besoin d'un travail. J'avais aussi besoin d'essence, et de vacances.

Sauf que mes chances d'obtenir au moins l'un de ces trois éléments étaient pratiquement nulles. Mon réservoir était vide, et l'unique pompe à essence du Westwick Corners Gas N'Go en panne. L'ancienne pompe ne disposant pas d'interphone, je craignais fortement de devoir parcourir toute la route qui me séparait du caissier pour aller le prévenir, armée de talons aiguilles de près de huit centimètres.

J'étais déjà en retard pour mon entretien au Shady Creek Tattler. C'était humiliant à admettre, mais mon journal à moi, le Westwick Corners Weekly, était à quelques jours de la banqueroute. Certes, j'avais très peu envie de travailler pour la compétition, mais j'avais besoin d'argent. Mon cœur nageait dans le conflit. Je ne voulais pas tourner le dos à Westwick Corners, la petite ville-fantôme où je vivais (enfin… presque fantôme) que ses habitants essayaient tous de ranimer, mais je devais bien gagner ma croûte.

Malheureusement tous les emplois un peu décents du coin se trouvaient tous au moins à une heure de route de là, à Shady Creek. J'avais compris bien trop tard que Westwick Corners était une ville trop petite pour pouvoir accueillir beaucoup d'entreprises, et pouvait encore moins soutenir financièrement le journal que j'avais racheté à son propriétaire l'an passé. M'acheter le Westwick Corners Weekly, cela avait été fait plus sous le coup de l'impulsion que de la réflexion. Mon idée de créer mon propre emploi de rêve s'était transformée en gouffre financier sans fin.

Mon dernier espoir de rester solvable était d'adopter ce travail à mi-temps de reporter pour Shady Creek. Au moins, cela me permettrait de joindre les deux bouts pendant que je remettais mon journal sur pied. Mais même cette option serait sérieusement compromise elle aussi si je n'arrivais pas à remplir mon réservoir d'essence. Je fis de grands gestes de bras en direction de la vitre en verre réfléchissante de la station, en espérant que le caissier à l'intérieur m'aperçoive et remette la pompe en marche.

Mais rien.

Je jurai sous cape et analysai l'asphalte du regard. Mon humeur s'améliora en remarquant un garçon maigrelet au visage constellé de taches de rousseur à côté d'un camping-car gigantesque. L'assistant de la station essence semblait avoir entre quinze et vingt ans et portait un t-shirt « Gas N'Go » trop grand pour lui ainsi qu'un baggy. Je ne l'avais jamais vu en ville auparavant, et devinai donc qu'il avait dû arriver récemment. Ce qui était en soi étrange, puisque nous n'avions que rarement des visiteurs, et encore moins de nouveaux habitants. Les rumeurs les précédaient en général au moins de plusieurs jours.

Je fis donc un signe à l'employé, mais il m'ignora en préférant vérifier la pression des pneus du camping-car. Ce n'était guère une surprise. Tous ceux qui venaient à Westwick Corners le faisaient soit pour fuir quelqu'un soit pour fuir un lieu en particulier. Les villes fantômes, ça ne fait pas vraiment partie du Top 10 des meilleurs endroits où vivre sur terre, mais ça fait une cachette idéale. Personne ne vient jamais vous chercher ici.

Mes espoirs de tranquillité s'envolèrent quand la porte du camping-car s'ouvrit et que Tante Pearl en sortit. Elle me fit un grand signe de la main et fonça comme une fusée vers moi. Soit, peu de femmes de soixante-dix ans auraient normalement dû être capables d'un tel exploit, mais la sœur aînée de Maman avait son truc. Comme le reste des femmes de la famille West, c'était une sorcière.

— J'ai gagné, j'ai gagné ! s'écria-t-elle du haut de ses quarante kilos tous mouillés avant de s'arrêter net, comme une voiture qui aurait freiné à mort, sur l'îlot de béton…

Pour, emportée par son propre élan, perdre tout équilibre et me tomber dessus.

— Attention ! m'exclamai-je à mon tour, comme l'embout de la pompe, la buse, me tombait des mains à cause du bond arrière brusque que je venais de faire pour l'éviter.

La buse rebondit sur le côté de ma Honda rouillée et abîmée. Et, d'un coup, elle se décida à fonctionner.

L'essence se mit à gicler sur l'asphalte craquelé comme un geyser sorti tout droit d'un puits de pétrole. En plus, j'utilisais l'un de ces gadgets automatiques qu'on attache à la buse et l'avais verrouillée sur « on ». De surcroît, c'était bien ma veine, la pompe s'était déclenchée au moment précis où la buse m'était tombée de la main.

Et encore de l'argent jeté par les fenêtres !

Je me battis pour essayer d'attraper la buse comme elle partait en vrille, totalement hors de contrôle, sous la pression du jet. Tout ce que je parvins à saisir entre mes mains, ce fut du carburant. Qui se répandit sur ma toute nouvelle robe et le blazer que j'avais achetés tout spécialement pour l'entretien d'embauche.

Je grimaçai aussi en sentant l'essence irriter mes jambes fraîchement rasées. Elle commençait à s'accumuler en mares autour de mes pieds, pendant que j'étais comme sidérée, trempée de la tête aux pieds, furieuse, incapable de protester.

Cela finit par attirer l'attention de l'employé de la station, qui courut vers nous.

— Eh, va falloir nous payer pour ça !

La buse se cabra à nouveau comme un cheval à cause de la pression et se mit à tourner dans tous les sens. Je parvins enfin à l'attraper, mais avant de pouvoir l'écarter de moi elle en profita pour me tremper encore une fois de la tête aux pieds. La seule chose qui avait pu jouer en ma faveur jusqu'alors, c'était que j'avais sur moi mes lunettes de soleil pour y voir.

L'essence me gicla cette fois dans les narines et se répandit sur mes lunettes de soleil. J'en fis tomber à nouveau la buse pour me protéger le visage des deux mains du jet acharné. J'essayai d'essuyer le verre fumé pour y voir, mais tout était flou désormais, y compris la Tante Pearl.

— Fais attention, je suis là ! rugit la Tante Pearl en reculant et en agitant les bras dans l'air.

— Attrape cette pompe, vite ! Aide-moi, je n'y vois rien, protestai-je en envoyant les bras partout pour essayer d'attraper le tuyau à l'aveuglette.

Ma main droite se referma enfin autour de la buse, mais au moment précis où je tentai d'enlever mon gadget de la poignée, je m'en retournai un ongle.

— Aïe !

J'en fis tomber à nouveau la tête de la pompe et elle m'éclaboussa les chevilles en se fracassant au sol. J'essayai d'attraper le manche, mais ne pus obtenir de prise assez ferme pour la garder en main. Tout ce qui résulta de ces tentatives infructueuses fut un engourdissement de mes doigts.

Je me débattis en essayant d'attraper la poignée avec ma vision limitée. Ce qui me déséquilibra, me fit trébucher et tomber de l'îlot de béton.

Après ce qui me parut être une éternité, la pompe s'arrêta enfin. J'enlevai brutalement mes lunettes de soleil pour essuyer l'essence sur mon front du revers de la main. L'employé était à côté de la pompe, manche en main et gadget dans l'autre.

— Ne touchez plus à rien. Je vais vous remplir le réservoir.

Je marmonnai un pauvre « merci » en me remettant sur pied, trempée. Je tremblais, malgré la chaleur de fin d'été ambiante.

— Ça fait beaucoup d'essence. À peu près vingt litres, commenta la Tante Pearl, qui claqua des doigts. Pouf, envolés.

Ma Tante Pearl était un peu pyromane sur les bords, alors l'entendre se plaindre d'essence gâchée, cela me parut un peu être l'hôpital qui se moque de la charité.

— Tu aurais pu m'aider, protestai-je.

Je secouai la tête lentement de découragement en baissant les yeux vers ma robe ruinée. Aucun mot n'aurait suffi à décrire mon désespoir. Tout ce que je faisais semblait n'être que dans le but de me rapprocher de la ruine financière.

— Il va falloir que tu te secoues un peu les puces, Cen. Tu aurais pu t'en sortir par toi-même, si seulement tu voulais bien t'appliquer un peu à ta magie. Il faudra bien que tu finisses par te faire à tes talents surnaturels, me rétorqua la Tante Pearl avant de venir m'adresser une petite tape sur le dos. Tu n'as qu'un choix à faire.

— Je ne tricherai pas, répondis-je en me tournant vers l'employé, mais ce dernier s'était retiré auprès du camping-car, hors de portée. Je ne veux pas d'un avantage injuste sur les autres, c'est tout.

— La sorcellerie, ce n'est pas tricher, quand tu es une sorcière. Arrête d'essayer de devenir une autre.

J'étais déjà de mauvaise humeur. Je n'avais certainement pas envie d'en plus me disputer avec ma grincheuse de tante.

— Je veux être comme tout le monde, c'est tout.

— Et bien, tu ne l'es pas, donc mieux vaudrait s'y faire tout de suite, soupira Tante Pearl, toujours aussi râleuse. Pourquoi est-ce que tu perds ton temps à vouloir travailler ? Les gens rêvent d'avoir des talents comme les tiens et de les utiliser à bon escient, mais toi, au lieu de cela, tu les laisses se perdre.

— Je veux gagner ma vie de façon honnête.

Je ne me rendis compte de mes mots qu'après les avoir prononcés.

— Pourquoi, parce qu'être une sorcière c'est être malhonnête ? siffla la Tante Pearl, avec de la colère perçant dans sa voix.

Cela l'agaçait que je n'aie pas continué mes leçons de magie à l'École de Charme de Pearl. Ce n'était pas faute d'avoir voulu, mais on n'avait eu de cesse d'être interrompues. Et cela me paraissait injuste d'user de talents dont manquaient les gens normaux. Je n'avais rien fait pour les gagner. J'avais juste eu la chance d'être née dans la famille West, sorcières de mère en filles.

— Je suis en retard pour mon entretien. Tu ne pourrais pas tout inverser et mettre de l'essence dans ma voiture ? demandai-je en réponse.

La Tante Pearl était une sorcière extrêmement douée. Cela ne lui coûterait aucun effort.

— Je pourrais. Mais pourquoi m'en donner la peine ?

— Tante Pearl, s'il te plaît. Je te rembourserai plus tard.

J'avais besoin de ce travail. Mais elle fit non de la tête.

— Vous, les jeunes, vous croyez que tout vous est dû. Rien n'est jamais facile, Cen.

— Mais C'EST facile ! protestai-je. Enfin, pour toi.

— Pour toi aussi, si tu t'en donnais la peine. Pratique est mère de succès, Cendrine. Tout ce que tu aurais besoin de faire ce serait de t'appliquer. En quoi est-ce si difficile ?

L'employé de la station essence termina de pomper mon essence et me tendit la main pour recevoir son paiement. Je jetai un œil au compteur et fis passer mon bras par la fenêtre côté passager pour attraper mon porte-monnaie sur le siège avant. J'y dégottai mon dernier billet de vingt dollars et jetai le porte-monnaie de nouveau à l'intérieur de la voiture. Je lui tendis la monnaie, agacée de constater que la majorité de l'essence que je venais de payer gisait sous forme de mare sur le pavé. Très peu de carburant s'était vraiment retrouvé dans mon réservoir.

— Ah, Cen, je te présente Wilt Chamberlain.

Je fis un signe de tête au maigrelet, un homme aux allures d'ado au visage constellé de taches de rousseur, blanc de peau, qui n'avait rien à voir avec le célèbre joueur de basket d'il y a plusieurs années. Il était plus vieux que je ne croyais, probablement à peine vingt ans passés. Il avait la peau si pâle qu'elle en paraissait presque bleue, seulement troublée par une tache de naissance en forme de diamant sur son front. Elle était couleur rouille et trônait en plein milieu, comme une cible.

— La prochaine fois, demandez-moi de l'aide, me dit Wilt en remettant la pompe dans son holster. Maintenant je vais devoir la pomper pour nettoyer.

— On n'a pas le temps de nettoyer, lui rétorqua la Tante Pearl en faisant un signe vers le camping-car. Il faut qu'on se mette en route.

— Hein ? demandai-je avec une grimace, en me demandant ce que préparait encore ma tante.

Elle chassa mes questions de la main.

— Oublie cet entretien, Cen. J'ai un travail pour toi.

Je fis non de la tête.

— Je n'irai pas travailler à l'École de Charmes de Pearl.

Elle me fit un grand sourire.

— Ce n'est pas ce que j'avais en tête. J'ai une mission pour toi. Une mission sous couverture.

Je fis encore non de la tête.

— Ça ne m'intéresse pas.

Nous observâmes Wilt rentrer dans la station. Il sortit bientôt un trousseau géant et verrouilla la porte du bâtiment.

— Hé ! Vous ne m'avez pas encore rendu ma monnaie ! protestai-je en jetant un œil à la pompe.

Selon celle-ci, ma facture totale était de moins de dix dollars et cela incluait toute l'essence que j'avais gaspillée. Ce que j'avais dans mon réservoir ne suffirait absolument pas à me faire quitter la ville, et encore moins pour arriver à Shady Creek.

— Wilt !

Il m'ignora volontairement. J'attrapais la buse et la brandis dans les airs comme une arme. Il ne mordit pas à l'hameçon.

— Désolé mais on est fermés.

Je remis la buse dans mon réservoir. Je la plaçai sur « on », mais cette fois sans l'accessoire. Sans effet. Ou Wilt avait coupé l'arrivée d'essence ou il n'y en avait vraiment plus.

Je jurai sous cape et me tournai vers une Tante Pearl qui souriait jusqu'aux oreilles.

— Pourquoi est-ce que tu refuses de m'aider ?

Mes yeux se posèrent sur le jerrican rouge d'essence qu'elle avait à la main.

— Oublie l'essence. J'ai gagné au loto, Cen. Je suis riche. Je peux pratiquement tout me permettre. L'essence illimitée, ça en fait partie.

Elle se mit à balancer devant elle son jerrican en arc de cercle. Je fis en effet un signe de tête vers le camping-car.

— Avec un réservoir pareil, tu vas en avoir besoin. Où est-ce que tu l'as eu ?

La Tante Pearl semblait comme abasourdie de joie, ce qui à mon avis était normal pour n'importe quelle personne ayant gagné au loto. Sauf que je doutais de son histoire. Ma tante adorait attirer l'attention sur elle, et je supposais que toute cette histoire de loto n'était qu'un mensonge géant, accessoirisé par des créations de magie blanche, comme ce camping-car tout brillant et même l'essence.

L'essence.

Le jerrican de vingt litres faisait un bruit de clapotis, ce qui signifiait qu'il contenait vraiment de l'essence. Vingt litres suffiraient à m'emmener à Shady Creek faire mon entretien d'embauche. Problème résolu.

— Tante Pearl ! Ton jerrican il est bien plein, n'est-ce pas ? Tu peux me rendre une faveur ?

— Tu es une sorcière, Cendrine. Conjure la tienne.

— Pas maintenant, Tante Pearl.

C'était l'amour vache, version Tante Pearl. Mon manque d'application aux leçons de sorcellerie l'enquiquinait à n'en plus finir.

— Ah, j'avais oublié. C'est vrai que tu ne sais pas comment faire.

Ma Tante fit une fausse moue exagérée avec la lèvre en avant. J'aurais vraiment voulu lui prouver qu'elle avait tort. Mais je n'en étais même pas capable.

Tout ce que j'avais pour lui « prouver » quoi que ce soit, c'était une entreprise ratée, pas de monnaie, et de la malchance. Tout ce que je faisais semblait mal tourner. Ma vie, c'était vraiment pourri, et je ne savais pas comment faire pour améliorer les choses.

CHAPITRE 2

Je foudroyai la Tante Pearl du regard. Le fait que la famille West ait des talents surnaturels innés n'était certes pas un secret à Westwick Corners, mais ça ne voulait pas dire qu'on devait en faire étalage. Pendant des générations, toute la ville préférait adopter la politique à base de « mieux vaut ne pas demander, on a pas envie de savoir ». Et vu que Wilt était nouveau en ville, il n'était probablement pas au courant. Enfin, jusqu'à l'arrivée de la Tante Pearl, bien sûr.

— Arrête de t'inquiéter pour des choses aussi triviales et monte à bord. Je t'emmène à ton entretien, m'indiqua la Tante Pearl avec un sourire mielleux que je savais pertinemment être faux.

Wilt grimaça, de toute évidence déçu à l'idée que je vienne pour le voyage. J'avais peur de demander pourquoi. Mais je le fis quand même.

— En quoi est-ce que tu as besoin d'un camping-car ?

Je devais aussi demander à ma tante pourquoi elle avait besoin de se faire accompagner par Wilt, mais ça aurait été impoli avec lui dans les parages. Elle leva les yeux au ciel.

— Ce n'est pas que j'en ai besoin, Cen. J'en ai envie. Ça, c'est mon hôtel sur roulettes. Le Palace de Pearl, si tu veux tout savoir.

De toute évidence c'était un véhicule qu'elle avait conjuré de nulle part, mais je ne pouvais l'en accuser devant l'employé de la station. Bien que le fait que nous soyons des sorcières, encore une fois, ne fût pas réellement un secret bien gardé de toute façon.

Puisque la Tante Pearl faisait sans arrêt montre de sa magie en ce moment, je me demandai ce que ce type avait pu en voir. Ce camping-car flambant neuf d'à peu près dix mètres de long ne se fondait pas vraiment dans le décor, et il coûtait sûrement encore plus cher que tout mon salaire de ces dernières années. S'il était réel, ce dont je doutais. Comme le carrosse de Cendrillon, il s'évanouirait d'un claquement de doigts après un certain temps. Ce qui, si vous en étiez passager, en faisait pratiquement une bombe ambulante.

— Je t'emmène, répéta-t-elle. Shady Creek est sur la route de Las Vegas. Ça ne pose pas de problème.

Malgré tout mon bon sens, j'acceptai.

La Tante Pearl ouvrit la porte du camping-car et me fit signe d'entrer.

— Monte. J'ai une autre passagère à récupérer, et puis on ira à Shady Creek te déposer.

Je n'imaginais personne d'assez fou pour aller en vacances à Las Vegas avec ma tante. Elle n'avait que peu d'amis et aucun n'habitait à proximité. Ce n'est pas mon problème, me dis-je. Parfois mieux valait ne pas savoir.

Je m'arrêtai au coin cuisine et étendis ma robe trempée pour la faire sécher plus vite. Je trouvais étrange que ma tante n'en profite pas pour me forcer à faire usage de magie pour aller à l'entretien. Malgré ses critiques de mon manque d'entraînement, elle avait été bien prompte à me proposer le voyage.

Tante Pearl monta au siège passager et se retourna sur son siège. Elle fit un signe vers le siège conducteur, qu'occupait l'employé maigrichon de la station-service.

— Au fait, j'ai embauché Wilt comme chauffeur.

J'avais oublié que Tante Pearl ne conduisait pas.

— Mais, et ton amie ?

Elle fit comme si de rien n'était.

— Tu sais, c'est que la route sera longue dans un véhicule aussi gros. En plus, comme je suis riche, je peux bien me permettre un chauffeur.

Enfin, ça me semblait bizarre que Wilt ait accepté. Cela dit, mieux valait ne pas en faire un trop gros scandale en face de la Tante Pearl, parce qu'elle s'emportait rapidement.

Je me concentrai de nouveau sur mon entretien. Je devrais me débrouiller pour rentrer de Shady Creek après, mais ça attendrait plus tard.

Après tout il n'est rien de pire qu'une sorcière à court de chance. Sauf peut-être une sorcière qui aurait eu justement trop de chance. Mettez-les ensemble et préparez-vous au pire.

CHAPITRE 3

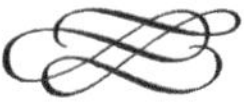

— Boucle ta ceinture, m'ordonna la Tante Pearl qui fit de même pour la sienne et s'exclama : Allez, on y va ! Et ce qui se passe à Vegas, reste à Vegas !

Nous nous avançâmes et nous arrachâmes hors du parking de la station essence.

— Ouah, protestai-je. Je n'ai jamais dit que je...

Ma tante se retourna sur son siège.

— Du calme, Cen. On va t'amener à ton entretien.

Je m'agrippai à la table de la kitchenette au moment où Wilt tournait brusquement vers Main Street. Peut-être que j'avais des envies suicidaires après tout ? Je ne parvenais pas à trouver d'autres raisons de ma présence dans un camping-car conduit par un pilote fou et une sorcière de mauvaise humeur en guise de copilote.

— On va dans la mauvaise direction, m'écriai-je, mais soit Wilt et la Tante Pearl m'ignorèrent, soit ils ne m'entendirent pas.

Mis à part le fait que nous n'allions pas à Shady Creek, la conduite de Wilt me faisait quelque peu craindre pour ma vie. Et pourtant j'étais coincée dedans, apparemment incapable de sauver ma propre peau. Wilt atteignit l'orée de la ville et grimpa la route escarpée menant à l'Auberge de Westwick Corners.

— Mais pourquoi est-ce qu'on rentre à la maison ?

Le manoir familial s'était transformé en un Air BnB que nous faisons principalement tourner le week-end. Comme nous y vivions aussi, c'était comme si j'étais revenue au point de départ. Sauf que cette fois, je n'avais pas de voiture.

Arriver à mon entretien à l'heure semblait de moins en moins plausible chaque minute. J'essayai d'attraper mon porte-monnaie derrière moi, avant de comprendre que je l'avais laissé sur le siège passager de ma voiture.

Maman nous fit de grands signes de la main en voyant le camping-car entrer dans l'allée circulaire à l'entrée. Elle grimpa dans le véhicule et alla abattre une grande valise sur le lit à l'arrière. Elle revint nous voir quelques secondes plus tard, essoufflée. Puis elle s'effondra sur un tas à l'opposé du coin cuisine.

— C'était lourd.

— Maman ? Mais qu'est-ce qui se passe ? Tu ne peux pas quitter l'auberge. On a des hôtes qui arrivent, non ?

L'Auberge ne pouvait fonctionner sans Maman. Elle était à la fois chef, manager, et réceptionniste, en même temps. Certes la Tante Pearl était officiellement agent d'entretien, mais elle était trop imprévisible. En général je sauvais les meubles derrière elle d'ailleurs, comme elle mettait en place ses propres heures de travail de façon imprédictible et en gros ne répondait à personne. C'était d'abord une sorcière, avec un job à l'Auberge en second.

Moi, de l'autre côté, je jonglais entre plusieurs emplois sans recevoir beaucoup d'argent. Travailler pour moi ou pour ma famille, ça ne suffisait pas à me maintenir à flots financièrement. Si je voulais avoir un futur, je devrais reconsidérer mes options. Le *Shady Creek Tattler* ce n'était pas vraiment le rêve américain, mais au moins c'était une amélioration par rapport aux petits Westwick Corners.

La Tante Pearl nous interrompit.

— On a une autre affaire de famille urgente qui nous attend, Cen. On n'a pas toute la journée, alors arrête tes questions et laisse Ruby respirer un peu.

— Mais qu'est-ce que tu racontes ? C'est l'Auberge, notre affaire familiale.

— Je t'expliquerai plus tard, dit la Tante Pearl en agitant impatiemment les bras. Il faut qu'on bouge avant d'arriver trop tard.

— Explique-moi tout de suite, ordonnai-je en croisant les bras.

— Désolée, mais notre mission est top secrète. Tout ce que tu sauras tu le sauras en temps voulu, et là ce n'est pas le moment. Je te le dirai quand ce sera bon, répliqua la Tante Pearl en jetant un œil à sa montre, puis en se tournant vers le conducteur. On est en retard. Écrase le champignon, Wilt.

La force gravitationnelle m'écrasa dans le siège à l'instant où le camping-car se remit à accélérer.

— Tout va bien, Cen, dit Maman pour me rassurer en jetant un œil incertain à la Tante Pearl. On n'a pas d'invités avant vendredi et je m'ennuie de toute façon. Un road-trip me fera du bien.

Je grimaçai. Maman était très mauvaise menteuse. La Tante Pearl l'avait de toute évidence persuadée de rentrer là dedans. Peu importe ce dont il était sujet, cela devait être vraiment important pour que Maman décide d'abandonner l'Auberge et de quitter la ville.

— Hein ?

La grosse valise de Maman m'avait rendue d'autant plus méfiante au sujet de ce road-trip supposément impromptu. Elle avait trouvé le temps de préparer sa valise, le voyage s'était donc planifié à l'avance. Mais Maman m'ignora. Elle préféra se cramponner à la table quand le camping-car se mit à dévaler à toute allure la pente abrupte qui descendait de notre propriété vers la route principale, hors de la ville. Maman semblait stressée, cependant, même si elle essayait de ne pas le montrer.

— Ça fait du bien de s'asseoir. Ce camping-car est plus gros que ce que je pensais.

— Où est-ce que tu l'as eu, Tante Pearl ? m'enquis-je donc.

Tout le monde semblait être au courant sauf moi. Pas de réponse.

— Tante Pearl ?

Elle se retourna vers moi et grimaça en se pinçant le nez entre le pouce et l'index.

— Bon sang, Cendrine, tu sens le chameau.

— Ne change pas de sujet. C'est l'essence. Tu étais supposée m'aider à nettoyer, tu ne te souviens pas ?

La Tante Pearl m'ignora et ouvrit la vitre côté passager. Maman acquiesça. Elle s'assit à côté de moi dans le coin cuisine.

— Personne ne t'embauchera si tu sens l'essence comme ça. Tu ferais aussi bien de reporter ton entretien.

— Je ne reporte rien du tout.

J'ouvris la fenêtre, en espérant qu'une brise dissipe les émanations d'essence. Le timing était serré, mais j'avais encore une chance d'arriver à l'heure. Tout ce que j'avais à faire était de me taire et de coopérer jusqu'à ce qu'on me dépose à Shady Creek.

Je jetai un œil autour du camping-car et remarquai une bouteille d'eau à demi pleine dans l'évier. Je me levai pour aller l'attraper et titubai sur mes talons comme le camping-car continuait à filer comme une flèche vers le bas de la colline. Puis il s'arrêta net au panneau-stop en bas de notre allée.

Tout aussi rapidement, Wilt appuya de nouveau sur le champignon et tourna. Je retrouvai alors l'équilibre et m'emparai de la bouteille d'eau. J'étais à peine retournée à grand mal à mon siège quand le camping-car dérapa sur le mauvais côté de la route avant de se remettre sur la bonne voie. Je dévissai le bouchon et fis tomber un peu d'eau sur l'avant de ma robe. Maman haussa alors les sourcils.

— C'est un peu tôt pour ce genre de choses, non ?

Je plissai le nez, perturbée de ce commentaire, avant de reconnaître l'odeur. Cette bouteille contenait de la vodka, pas de l'eau.

Et maintenant je puais l'alcool. Je ne risquais plus de passer la sécurité, et encore moins d'arriver aux Ressources Humaines. J'allais violer la politique de la boîte en termes de drogues et d'alcool avant même d'arriver à l'entretien d'embauche. Je jurai sous cape et me tournai vers Maman.

— Je ne peux pas aller à cet entretien comme ça. Est-ce que tu pourrais me donner un… petit coup de main un peu spécial ?

C'était notre code secret pour dire « magie ». Je me préparai à recevoir encore un sermon sur ma négligence de mes leçons de magie. En général Maman était moins sévère que la Tante Pearl, mais elles critiquaient toutes deux constamment mon manque de discipline. Je devais admettre que j'avais d'autres priorités. Elles avaient raison sur une chose, toutefois. Même si ma vie en dépendait, je n'aurais pas su jeter un seul sort.

— Je ne comprends pas pourquoi tu ressens ce besoin de quitter Westwick Corners, rétorqua ma mère en secouant la tête, déçue. Tu as un travail à plein temps à l'Auberge si tu en as envie. Tu n'as pas besoin d'un autre job de reporter dans une autre ville. Le journalisme ce n'est pas ta vocation, Cen, et je ne comprends pas pourquoi tu as autant honte de notre héritage. Tu pourrais faire tout ce que tu voulais si seulement tu voulais bien t'entraîner un peu.

Je me tus. Je ne pouvais expliquer à deux expertes sorcières que je désirais l'unique chose que la sorcellerie ne pouvait m'apporter. Soit... me fondre dans la masse, être une jeune femme normale d'un peu plus de vingt ans, avec un travail et une famille normale. Je voulais être acceptée, ce qu'on n'obtient pas avec un simple sort. Je voulais être comme tout le monde.

— Je veux juste vivre ma propre vie. La magie pose parfois plus de problèmes que ce qu'elle vaut.

— Mais tu as un tel talent inné pour ça, Cen, soupira ma mère. Tu gâches tes capacités. Un jour tu te réveilleras et tu te rendras compte de tout, mais bien trop tard. J'ai juste peur que tu regrettes quoi que ce soit.

Mes épaules s'affaissèrent. Même Maman était du côté de la Tante Pearl. J'étais coincée.

— Tante Pearl n'a pas vraiment gagné au loto, hein ? m'enquis-je, certaine que c'était encore un mensonge de ma tante. Tout ça, c'est de la conjuration.

Maman fit non de la tête.

— Tout ça c'est réel, Cen. Wilt lui a même vendu le ticket gagnant lui-même à la station. C'est l'une des raisons pour lesquelles elle l'a engagé.

Comme si on l'avait appelée, Tante Pearl se retourna sur son siège.

— Il est un peu mon porte-bonheur.

Je me repoussai dans mon siège quand Wilt écrasa la pédale.

— Le loto c'était la nuit dernière. Elle n'a pas eu le temps de ramener le ticket, et encore moins d'aller à la chasse au camping-car.

— Tu connais Pearl. Elle va vite.

Oui, et c'était justement ce dont j'avais peur. La Tante Pearl était capable de semer le chaos en quelques minutes. Je dérapai sur le côté de la banquette et écrasai le pied par terre pour m'empêcher de tomber dans l'allée.

Le camping-car trembla en prenant de la vitesse et en combattant le vent. J'avais peur comme ce n'était pas permis, puisqu'on n'avait même pas encore quitté la voie d'insertion.

— Ralentis !

Mes articulations blanchirent à force de m'agripper à la table en Arborite. Wilt ignora mes protestations et fonça sur l'autoroute.

En quelques minutes une sirène de police retentit derrière nous. Les lumières éblouissantes d'une voiture de police se reflétèrent dans le rétroviseur quand Wilt vint s'arrêter sur le côté de la route. Je me repoussai dans mon siège, soulagée que nous ayons été arrêtés. Cette pause nous avait sûrement sauvés d'un carnage sur l'Autoroute.

Le visage de Maman blêmit comme un fantôme. Elle ouvrit la fenêtre et se pencha à l'extérieur. Elle avait l'air d'être malade.

Je me tournai pour dire quelque chose à Wilt, mais il était trop occupé à jurer et à faire descendre sa vitre pour faire attention à moi.

Je me tordis le cou afin d'apercevoir le SUV du shérif rangé derrière le camping-car, façon police.

Super.

Le Shérif Tyler Gates était la dernière personne que je voulais voir. Non que je ne l'aimais pas. En fait, c'était absolument l'inverse, je l'aimais beaucoup. Trop, du reste. J'avais rompu mes fiançailles envers un autre à cause de lui, sauf qu'il n'en savait rien. Je ne risquai pas de l'admettre, mais c'était la vérité.

— Et voilà qu'il recommence. Il me persécute, soupira la Tante Pearl.

Elle, elle ne l'aimait pas du tout. Et je ne doutais absolument pas que mon hors-la-loi de tante allait tous nous faire honte.

Tyler et moi sortions ensemble en secret depuis ces quelques derniers mois, et nous retrouvions à Shady Creek pour éviter les rumeurs et les interférences de Pearl. Elle avait réussi à faire partir tous les autres shérifs de la ville, et perdre Tyler était un risque que je n'étais pas prête à prendre.

Je m'aplatis dans mon siège en espérant qu'il ne me remarque pas en passant à côté de la vitre.

Il me remarqua évidemment immédiatement et me sourit. Je lui souris en retour, et Maman lui fit un petit signe de la main.

Tante Pearl grommela quelque chose du siège passager.

— Bonjour Pearl, s'amusa Tyler en jetant un œil par la vitre côté conducteur.

Il semblait toujours tenir tête à ma grincheuse de tante. Elle grommela quelque chose sous cape. Je la soupçonnai d'avoir encore d'autres trucs dans son sac qu'un ticket gagnant au loto conjuré de nulle part et un camping-car magique.

Je retins ma respiration, en priant pour qu'elle ne fasse pas de scandale.

Le regard de Tyler se posa ensuite sur Maman et moi. Il nous fit un petit signe de tête et sourit. Pendant une demi-seconde je considérai l'idée de demander à Tyler de m'emmener à Shady Creek, mais la chassai de mon esprit immédiatement. En plus de mettre la Tante Pearl en colère, cela risquait de révéler notre relation.

— Permis et assurance, s'il vous plaît, demanda Tyler Gates en regardant toujours à l'intérieur, attendant les documents. Vous allez en vacances ?

— On va à Vegas, dit Pearl. C'est contre la loi ?

Tyler grimaça et me croisa du regard.

Je fis non de la tête. Personne n'allait à Vegas, et surtout pas moi. Même si je ratais mon entretien, j'irais à notre rendez-vous. Tyler et moi devions dîner au nouveau restaurant français chic de Shady Creek, loin des regards indiscrets des amis et de la famille. Pour le moment, je ne voulais pas qu'il se rapproche assez pour voir ou sentir ma robe bousillée. J'achèterai une autre robe après mon entretien.

La trace d'un sourire se dessina sur les lèvres de Tyler qui se tourna vers la Tante Pearl.

— Non, par contre un phare cassé, oui. Vous devrez réparer ça.

— On allait justement au garage, Officier, répondit Wilt. La pièce dont nous avons besoin était à Shady Creek.

Je me relaxai à la mention de Shady Creek. Ces derniers temps mon timing me semblait toujours un peu décalé, tout comme pour cet entretien. C'était comme si le destin s'acharnait à me mettre des bâtons dans les roues. Peut-être que c'était une bonne chose, parce que je n'avais pas vraiment envie de travailler au *Shady Creek Tattler.* Mais il fallait quand même que je gagne ma croûte.

Je me glissai plus proche de la fenêtre pour faire partir mon nouveau parfum « eau de gasoil ». Mes vêtements avaient séché rapidement sous cette chaleur d'été. À part l'odeur, pas de tache visible du fiasco à l'essence. Peut-être que les choses allaient tourner en ma faveur finalement.

Le shérif nous laissa partir avec un avertissement et Wilt promit de réparer promto le phare.

Je me reconcentrai sur l'autoroute comme nous passâmes un panneau nous informant que nous avions atteint l'orée de Shady Creek. Je sentis une lueur d'espoir en vérifiant ma montre. On n'avait pas été immobilisé aussi longtemps que je l'avais cru. Peut-être avais-je une faible chance d'arriver à mon entretien à l'heure, après tout, grâce à la vitesse excessive de Wilt. Ce qui, à en juger à l'expression paniquée de Maman, lui donnait les chocottes.

Cela me semblait étrange du reste qu'elle participe au voyage puisqu'elle détestait ça, sous toutes ses formes. Elle allait très rarement à Shady Creek tout court. Las Vegas aurait tout aussi bien pu être sur une autre planète. Maman était probablement venue juste pour éviter que la Tante Pearl se mette dans les problèmes à Las Vegas.

D'un coup, le camping-car se cabra et fonça sur la ligne centrale. La forêt aux côtés de l'autoroute devint un flou de vert, de brun et d'asphalte.

Je rejetai la tête en arrière en voyant le camping-car accélérer à mort sur l'autoroute et passer la sortie pour Shady Creek.

— On vient de rater ma sortie, observai-je.

Wilt fit volteface sur son siège, et fit dérailler le camping-car sur l'autre voie.

— Faites attention à la route ! rugit Maman en s'en blanchissant les articulations à force de s'agripper à la table. Vous allez nous tuer !

Je hurlais en retour en tombant de la banquette avant de me fracasser sur l'allée, absolument persuadée de mourir bientôt avec le reste de ma famille dans une collision de front. Je roulais sur le sol sur quelques mètres avant d'aller m'écraser dans les placards de la cuisine.

Tout aussi soudainement, le camping-car fit machine arrière et retourna sur notre voie. Je me relevai juste à temps pour nous voir éviter à peine un semi-remorque arrivant de la direction opposée. Nous étions sur le mauvais côté d'une autoroute à quatre voies. Wilt était encore moins bon conducteur qu'employé de station-service. Ce voyage tournait directement au désastre.

Je retournai à mon siège à la kitchenette, sans souffle. Je cherchai mon téléphone mais ne le trouvai pas. Je jurai en réalisant que mon téléphone et le numéro du *Shady Creek Tatler* étaient toujours dans mon sac à main sur ma banquette arrière. L'heure de mon entretien était dépassée de cinq minutes et on allait toujours dans la mauvaise direction.

J'avais ruiné mes chances. Le journal n'engagerait certainement pas une reporter qui ratait des entretiens et ne se donnait même pas la courtoisie d'appeler.

Je ne pouvais même pas appeler Tyler. Je risquais également d'être aux abonnés absents pour notre rendez-vous amoureux. Qu'est-ce qu'il penserait de moi ?

La Tante Pearl se retourna sur son siège.

— Cen, arrête ton cirque. Tu n'as pas besoin de ce travail. En fait, tu n'as plus besoin de travailler de ta vie. Je te couvre. J'ai gagné au loto, tu te souviens ?

— Et combien as-tu gagné, exactement ?

Ma tante chassa mes inquiétudes d'un geste de la main.

— Tout ce que tu as besoin de savoir c'est que je paie en argent comptant. Mais tu devras réussir ta période d'essai, bien sûr.

Je soupirai. Encore une autre excuse inventée par la Tante Pearl pour pouvoir me faire marcher à la baguette. Cette histoire de gain au loto, c'était encore une autre de ses fables. Je ne croyais pas à sa ridicule fable un seul instant, et la dernière personne à qui j'avais envie d'être redevable était bien ma folle de tante.

— Mais pourquoi ce camping-car ? Tu sais que les règles de la WICCA interdisent de faire usage de la magie pour rien.

La WICCA, la *Witches International Community Craft Association,* avait des règles très strictes concernant l'usage frivole de la magie. Tout sort jeté devait avoir un but, et faire des démonstrations de magie à outrance sans discrimination vous rendait sujet à une belle amende. Tante Pearl faisait étalage des règles avec un abandon sans vergogne et s'en tirait presque toujours.

C'était aussi contre les règles de parler ouvertement de sorcellerie, mais j'étais tellement énervée désormais que je me moquais vraiment de savoir si Wilt m'entendait ou pas.

— Je ne brise aucune loi, siffla Tante Pearl. Si tu pratiquais plus souvent, tu saurais qu'il y a des vides juridiques.

— Allons, ne nous disputons pas, fit Maman en se tournant vers moi. Tu es vraiment irritée, Cen. Tu as vraiment besoin de ces vacances.

La Tante Pearl avait aussi apparemment ensorcelé ma mère névrosée et l'avait transformée en zombie relax. Nous étions tous en train de nous faire kidnapper, qu'on en ait conscience ou non. Tout ce qui me rassurait c'était qu'au moins ce camping-car n'était pas volé. Le Shérif Tyler Gates aurait vérifié les plaques d'immatriculation au moment de nous arrêter, sinon.

Nous passâmes le prochain panneau de sortie en un éclair et j'eus le sentiment qu'il n'y aurait pas de retour en arrière. Je me tournai vers maman.

— Tu la laisses me kidnapper ?

En plus d'avoir raté la sortie, nous accélérions à un rythme alarmant. Mon pouls s'accéléra quand le camping-car trembla à nouveau contre la force du vent. Je resserrai ma ceinture.

— Allons Cen, tu sais que Pearl ne viole pas intentionnellement les lois.

Les mots de Maman allaient complètement à l'encontre de son langage corporel. La couleur se drainait de son visage tandis qu'elle s'agrippait au rebord de la table. Maman me cachait quelque chose.

— Elle ne le fait que quand c'était absolument nécessaire.

— Ce n'est jamais nécessaire, protestai-je.

La Tante Pearl avait tendance à agir d'abord et réfléchir après. J'aurais juste voulu qu'elle soit plus obéissante envers les lois et moins causeuse de troubles. Mais elle avait déjà eu pas mal de prises de bec avec le Shérif Tyler Gates, et l'application des lois à l'extérieur de Westwick Corners n'était clairement pas aussi cool.

— Je me fiche de la raison. Fais faire demi-tour à ce camping-car et ramène-moi à la maison.

— Oh non, ma petite dame, s'exclama Tante Pearl avec un cri de joie, levant en l'air son poing osseux. Wouhou ! Las Vegas, bébé, on arrive !

— Fais-moi sortir et je rentre en stop.

— Tu ne vas pas faire du stop, me gronda Maman en faisant non du doigt. Tu sais à quel point c'est dangereux ? Pas question de te laisser faire.

— Non, en effet, dit Tante Pearl en se levant du siège passager pour nous rejoindre à la table de la cuisine. Il faudra que tu viennes célébrer ça avec nous.

— Je ne comprends pas. Si tu a vraiment gagné des millions au loto, pourquoi tout parier et risquer de le perdre ?

Je ne comprenais jamais pourquoi les gagnants du loto continuaient à jouer. Moi à leur place j'arrêterais et je me contenterais de ma fortune. Cela dit je ne suis pas très chanceuse, alors je ne risquais pas de me retrouver dans cette situation.

— C'est une poussée d'adrénaline, fit Maman en accordant un signe de tête vers Tante Pearl. Elle ne peut pas s'en empêcher.

Je jetai un œil à Wilt côté conducteur, qui pour une fois était concentré sur la route et pas sur notre conversation.

— Tu es une sorcière, bon sang. Tu peux conjurer pratiquement tout ce que tu veux d'un sort.

— La Vegas-Mobile n'est pas magique, Cen. C'est un essai sur route accordé généreusement par les Shady Creek Motors.

— J'ai des doutes à l'idée qu'ils s'attendaient à te voir l'emprunter pour un road-trip de dix-sept heures.

La Tante Pearl haussa les épaules.

— Ils m'ont dit de le garder aussi longtemps que je voudrais. Je me sens chanceuse et j'ai envie d'aller à Sin City.

— Le jeu ne paie jamais.

— Peut-être pas pour toi, dit Tante Pearl. Pourquoi est-ce que tu es aussi négative ?

— Je suis juste pratique et…

La Tante Pearl leva les yeux au ciel.

— D'accord, on y va pour célébrer ma victoire au loto, mais ce n'est pas la vraie raison du voyage. On y va pour un hommage funéraire.

— Quelqu'un est mort ? Mais qui ? On ne connaît personne à Vegas.

Tante Pearl ignora ma question.

— Après être allées aux funérailles, on ira faire un ou deux shows peut-être et un peu de shopping. Une soirée entre filles.

— Ça va nous prendre toute la nuit pour y aller. Vegas est à dix-huit heures d'ici.

— Parfois il faut savoir changer de plans, dit la Tante Pearl. Tu es tellement inflexible que c'en est ridicule.

— Mais j'ai déjà des plans pour ce soir. Tu ne peux pas les changer sans me consulter.

J'étais enfermée dans une prison d'acier et de fibre de verre, fonçant sur l'autoroute sans aucune échappatoire.

— Désolée Cen, mais ta présence aux funérailles nous est indispensable, dit Maman avant de me tapoter la main. C'est une cérémonie que tu ne peux te permettre de rater.

CHAPITRE 4

J'avais un violent mal de crâne à cause des vapeurs d'essence et d'alcool qui s'échappaient toujours de ma robe. Même si la robe avait séché, l'odeur était devenue encore plus concentrée. Elle semblait maintenant imprégner tout le camping-car dans ses moindres recoins, et de plus en plus à chaque kilomètre passé. Peut-être parce que la Tante Pearl refusait de mettre la climatisation et avait monté le chauffage plutôt.

J'essuyais la sueur de mon front en essayant de comprendre cette histoire de cérémonie de funérailles mystérieuse et l'étrange tour qu'avaient pris les évènements.

— Qui est mort et en quoi est-ce que ça me regarde ?

— On t'expliquera tout tôt ou tard. Mais pour le moment on a un travail à faire, dit Maman, m'étudiant avec des yeux forts expressifs. On a besoin de ton aide, Cen. Tu te souviens de Madame Racatelli ?

— Madame Mafia ?

— Ne l'appelle pas comme ça. Carla avait sa propre vie. En plus, il n'y a aucun lien qui lie Tommy à la pègre. Il voyageait juste beaucoup et travaillait à des heures bizarres.

— Allez, Maman. Il est allé en prison pour trafic. De quel type de preuve est-ce que tu as besoin ?

Tommy « Twinkle Toes » Racatelli avait fraternisé avec beaucoup de gros Mafiosos. Et puis…

— Attends une minute – Carla Racatelli n'avait pas déménagé à Las Vegas ?

Je connaissais à peine Carla, mais j'étais allée au lycée avec son petit-fils, Rocco. Carla et Rocco avaient tous deux quitté la ville assez rapidement après la mort de Tommy, sans explication.

Maman acquiesça et essuya une larme.

— Elle est morte il y a quelques jours, et on a invoqué notre aide.

— Qui ?

Peu de gens avaient le pouvoir d'invoquer l'aide de la famille West. Pas même les gangsters. La famille West descendait d'une longue lignée intacte de puissantes sorcières. Dans le monde surnaturel, nous avions un certain statut. Sauf moi, bien sûr. Même si le nom de West m'accordait un peu de respect, mes talents de sorcières étaient dans le meilleur des cas faibles. J'étais un échec dans tout ce qui était sorcellerie et surnaturel. D'avoir des talents spéciaux vous apportait un tas de choses imprévisibles, et je mourrais d'envie de vivre une vie normale, le genre d'existence sans souci que tout le monde semblait mener sauf moi.

La Tante Pearl, c'était autre chose. Ses pouvoirs étaient légendaires, et elle ne tenait de comptes à personne. Elle était tout sauf normale, même dans le monde des sorcières. Peu pouvaient l'invoquer, et encore moins s'attirer son respect et sa coopération.

— Carla.

Tante Pearl faisait face à la route devant, de sorte que je ne pouvais lire son expression. Elle était très peu du genre à pleurer, mais je jurais l'avoir entendue renifler.

— Mais elle est morte maintenant. Je ne vois pas comment…

— Tu ne vois pas beaucoup de choses, Cendrine, m'agressa verbalement la Tante Pearl. Arrête de faire ta raisonneuse.

— Mais je ne peux pas tout laisser tomber pour vous suivre, protestai-je.

— Tu n'as pas le choix en la matière. On doit toutes y aller.

— Mais si Madame Racatelli est déjà morte, ce n'est pas trop tard ?

Carla Racatelli avait été la meilleure amie de Pearl, tout du moins jusqu'à son départ abrupt de Westwick Corners. La Tante Pearl n'avait rien dit sur elle depuis, et pourtant la voilà toute larmoyante et bien décidée à assister aux funérailles de Carla. C'était étrange, pour ne rien dire.

— Il n'est jamais trop tard pour réparer un tort. Il faut qu'on élimine la malédiction des Racatelli, dit Maman en sortant un tissu pour essuyer ses larmes. Il y a des choses que tu ne peux comprendre, Cen.

— Essaie quand même de m'expliquer.

J'étais de plus en plus frustrée et sceptique quant à cette pseudo-vérité qu'on me servait. J'étais au courant que nous étions séparées par un vrai fossé de générations, mais j'avais vingt-quatre ans, et j'étais assez adulte pour mériter plus qu'une explication. Les malédictions avaient bon dos. Ça ne passait pas bien dans ma famille de sorcières, mais je croyais sincèrement qu'il y avait des raisons logiques au fait que les choses tournent mal.

Maman fit non de la tête.

— Pas maintenant, Cen. Tu découvriras bien assez tôt.

— Tu es pire que Pearl. Si on me kidnappe, je mérite au moins de savoir pourquoi.

— On va aux funérailles de Carla et on ira s'occuper d'autres affaires en même temps. C'est tout ce que je peux dire pour le moment. On te donnera les infos qu'il te faut en temps voulu.

Maman jeta un œil à la Tante Pearl au siège passager et baissa la voix.

— Et je t'en dirais aussi plus un peu plus tard. Il y aura des gens très intéressants à ces funérailles.

— Si c'est supposé piquer mon intérêt, je t'informe que cela ne fonctionne pas.

J'en voulais à Maman d'utiliser un ton aussi condescendant. Je lui en voulais aussi d'avoir pris le parti de la Tante Pearl.

— Il y aura des gangsters, Cen. Des durs qui ne font pas le poids face à la magie, me dit-elle en souriant.

— Se mêler à des criminels c'est vraiment une mauvaise idée, Maman. Je suis étonnée que tu suives la Tante Pearl.

Maman était ultra-précautionneuse et pas le genre à faire étalage de ses pouvoirs.

— C'est pour faire une bonne action. Quelqu'un a besoin de notre aide.

— Je ne vois pas en quoi vous avez besoin de moi aussi. Vous savez bien que je suis incapable de lancer un sort même si ma vie en dépendait.

La Tante Pearl avait convaincu l'âme charitable qu'était ma mère de l'aider avec ses talents surnaturels, mais je ne voyais pas où moi j'entrais en jeu. Je n'avais aucun désir impulsif de sauver le monde, et je n'aurais pas pu même en essayant. Je n'étais une sorcière que de nom. Je ne connaissais que quelques sorts, rien d'utilisable contre une malédiction. Mon seul talent était de garder un œil sur la Tante Pearl et la sortir du pétrin.

— Cela sera une bonne leçon. Penses-y comme du travail de terrain.

— Je ne suis pas encore prête pour ça. Me mêler à des gangsters semble plutôt dangereux.

J'avais juré de ne jamais retourner à l'École de Charmes de Pearl pour reprendre mes leçons. Je n'avais juste pas encore eu le cran de le dire à ma famille. De ce qu'ils savaient, je ne faisais que m'offrir un semestre sabbatique.

Maman m'accorda un sourire de conspiratrice mais à part cela m'ignora.

Je soupirai.

— Tante Pearl t'a lavé le cerveau, tu ne vois pas ? soupirai-je, en me rendant compte que mes mots ne la touchaient pas du tout. En plus j'ai déjà des plans pour ce soir.

Tante Pearl se retourna sur son siège.

— Remettons notre sens des priorités en place, miss. Il faut qu'on arrive aux côtés de Rocco avant ses ennemis.

—Rocco?

J'avais pratiquement oublié le petit fils de Carla Racatelli, qui à mon âge était assez vieux pour se joindre au business familial des Racatelli. Il était de notoriété commune que leur business d'import-export n'était qu'une façade pour leurs activités louches.

— Oui, Rocco, dit Maman en me tapotant la main. Il a désespérément besoin de notre aide.

— Non.

Mon rencard avec Tyler semblait de moins en moins probable de seconde en seconde, et maintenant je devais lui mentir. Je ne pouvais admettre que j'étais une sorcière en mission, et je ne pouvais certainement pas lui dire que j'aidais un gangster. La colère se mit à gronder au fond de moi.

— Allons Cen... commença Maman.

— Vous n'avez pas besoin de moi.

— Bien sûr que si, dit la Tante Pearl. Tu es mes muscles.

— Mais je ne pèse que quelques kilos de plus que toi.

La Tante Pearl pesait quarante kilos tout mouillés, mais je faisais quelques centimètres de plus qu'elle, pas beaucoup cependant, alors nous étions pratiquement de la même carrure.

La Tante Pearl renâcla.

— Regarde-toi bien. Tu fais au moins dix kilos de plus que moi et peut-être plus.

— Ça ne fait pas de moi une garde du corps idéale.

J'étais une ratte de gym occasionnelle et bâtie raisonnablement, mais je représentais une menace zéro face à des types versés dans la mafia. Je jurai sous cape.

— Cela devient de plus en plus ridicule. Je vous ordonne de vous garer et de me laisser sortir.

— Pas moyen, sourit la Tante Pearl. Tu ne peux donc penser à personne d'autre qu'à toi pour changer ?

— Maman ? appelai-je.

Maman arrivait généralement à remettre du plomb dans la cervelle de la Tante Pearl, mais on lui avait lavé le cerveau. Les funérailles avaient été la carte maîtresse.

Du reste, elle détourna le regard. Sa grande sœur l'avait soit forcée, soit ensorcelée, soit les deux. Dans tous les cas, maman s'était pleinement engagée.

Je me tournai vers elle.

— Tu es sûre qu'on n'a pas d'invités qui arrivent ?

Le business n'était pas vraiment florissant, mais on avait toujours au moins une ou deux chambres louées le week-end. On ne pouvait se permettre de faire l'impasse sur un quelconque revenu.

— C'est ça le mieux, Cen. On va passer quelques jours à Vegas et être de retour vendredi à temps pour l'arrivée de nos invités, dit Maman avant de sourire et de se pencher en arrière dans son siège pivotant. Détends-toi et profite du voyage.

Maman était ultra-anxieuse perpétuellement, mais à cet instant elle semblait si relax que je la soupçonnais d'avoir pris des médocs, ou pire. Je me tournai vers la Tante Pearl.

— Tu l'as ensorcelée. Lève ton charme.

— Relax, Cen. Ruby est au bord du burn-out et il est grand temps qu'elle prenne des vacances, Vegas c'est l'endroit parfait. Qu'est-ce qu'il y a de mal à l'aider à se relaxer ? Cool Raoul.

— Non, fis-je en serrant les dents, déterminée à ne pas abandonner.

Je ne rencontrai que le silence.

— Laisse-moi au moins utiliser ton téléphone pour appeler le *Shady Creek Tattler* pour m'expliquer. Je ne peux pas poser de lapin pour un entretien.

— Pas besoin. J'ai déjà appelé pour annuler pour toi, dit la Tante Pearl en souriant tout grand.

— Tu quoi ?! m'écriai-je, mon visage s'empourprant dans le camping-car étouffant.

— Je t'ai rendu un service. Rends-toi à l'évidence, Cen. Tu n'es pas la meilleure journaliste du coin.

Les mots de la Tante Pearl étaient douloureux. Mais elle avait probablement raison, cela dit. Le pire de tout était que je ne pouvais me servir de son téléphone pour appeler Tyler ou elle serait au courant de notre relation secrète.

— Pour la dernière fois, tu viens avec nous, dit la Tante Pearl avant de sortir le ticket froissé de sa poche et de l'agiter en face de moi. Ce ticket gagnant est la seule raison qui nous permette d'aller rendre hommage à cette pauvre Carla. Il n'y a pas de magie dans l'histoire. J'ai gagné cet argent à la régulière au loto de l'État. On va s'offrir de bonnes vacances.

Je levai les yeux au ciel.

— Tu n'aurais pas dû encaisser le ticket d'abord ?

Ma tante fit comme si de rien n'était.

— On aura tout le temps plus tard pour ça. Je l'encaisserai quand on sera rentrées.

Je croisai le regard de Wilt dans le rétroviseur. Même lui semblait en douter.

Je me retournai sur mon siège. Pour la première fois je donnais un bon coup d'œil à l'intérieur du camping-car. C'était décoré avec goût et tout neuf. Ça devrait valoir au moins cent mille dollars, mais j'étais certaine que cette histoire de loto de Tante Pearl était un mensonge. Je tendis le bras et lui tapai sur l'épaule.

— Et si tu avais fait une erreur en vérifiant les numéros ?

Silence. L'audition sélective de la Tante Pearl frappe encore.

— Est-ce que tu as aussi kidnappé Wilt ? Et son travail à la station essence ?

— Il travaille pour moi maintenant, dit la Tante Pearl en se tournant pour regarder fixement par la fenêtre.

— Wilt, garez-vous et laissez-moi sortir, dis-je.

Je n'avais pas assez pratiqué la magie pour maîtriser un sort de téléportation, mais je pourrais toujours faire du stop.

— Je m'arrangerai pour me faire ramener en ville.

Cela attira l'attention de Maman, même avec le sortilège de la Tante Pearl.

— Je te l'ai déjà dit, pas question. Mais, Pearl, tu avais dit que Cen était d'accord pour venir.

La Tante Pearl leva les mains en l'air d'un coup, manquant de faire dévier les mains de Wilt hors du volant.

— Pour la dernière fois, on ne se gare pas, et tu ne fais pas de stop. On va toutes à Vegas pour assister aux funérailles de Carla Racatelli, lança la Tante Pearl avant de faire une pause et d'ajouter à la hâte : une fois qu'on aura rendu nos hommages, je repenserai à ta question.

Les prochaines minutes furent un brouillard parce que le camping-car quitta l'asphalte et alla rouler dans le gravier de la bande d'arrêt d'urgence.

CHAPITRE 5

L'asphalte chaud me brûlait les joues quand je repris conscience. Tout ce que je vis, ce fut du gris. Mes yeux se concentrèrent graduellement sur le béton et je réalisai que j'avais atterri à quelques centimètres de la cloison de séparation de l'autoroute en béton.

J'avais été éjectée du camping-car.

Je restai immobile pendant quelques secondes, choquée. Heureusement, je n'avais rien de cassé, même après cet accident de voiture bien douloureux. Je me relevai assise, et paniquai en réalisant que j'étais au milieu d'une autoroute à quatre voies. Un pick-up rugit près de moi et m'évita de justesse quand je rampai vers le bord de la route.

— Qu'est-ce qui s'est passé ?

Le camping-car gisait sur le côté, partiellement roulé dans le fossé de l'autre côté de l'autoroute. Il avait réussi à s'envoler par-dessus la bordure du milieu. Le côté qui me faisait face était froissé et denté comme s'il avait fait plusieurs tonneaux.

Personne ne répondit.

— Maman ?! Tante Pearl ?!

Mon cœur se mit à battre la chamade tandis que j'analysai la route à la recherche d'un signe d'elles ou de Wilt. Je repérai Maman et la Tante Pearl accroupies sur un Wilt inconscient à peu près à cinquante yards du camping-car. Le soulagement me submergea quand je me relevai. Mon corps entier me faisait mal. Je fis le bilan de mes bleus en boitant jusqu'à eux.

— On passe de catastrophe en catastrophe, murmurai-je sous cape.

Puis je vis un mouvement du coin de l'œil. Au début, on aurait dit que le camping-car bougeait, mais non. Il devenait graduellement transparent. Preuve s'il en fallait que le camping-car ne fût rien de plus qu'une sorcellerie de plus conjurée par la Tante Pearl.

Son ticket de loto aussi ce devait être du faux. La seule chose vraie à mon avis, c'était les funérailles de Carla Racatelli. Je doutais que même la Tante Pearl puisse mentir sur la mort de sa meilleure amie. J'espérais juste qu'on arrive aux funérailles en un seul morceau.

J'étais encore à quelques mètres d'elles, assez près pour entendre Maman et Tante Pearl se disputer.

— Ne sois pas idiote, c'est facile à réparer, dit la Tante Pearl. Je n'ai juste pas fait durer assez le sort.

— Tu ne dois pas risquer nos vies comme ça, Pearl. Ne le refais pas.

— Arrête d'être une telle casse-joie et amuse-toi un peu pour une fois, fit la Tante Pearl avant que ses yeux ne se posent sur les miens. Ah bien, je me demandais où tu étais passé.

J'ouvris la bouche pour répondre mais Maman me fit « non » d'un signe de tête.

— Viens m'aider avec Wilt.

Maman secoua les épaules de Wilt et ses yeux s'ouvrirent.

— Qu'est-ce qui s'est passé ? Je ne me souviens de rien.

— Tout va bien. On a frappé un cerf.

Wilt se frotta les yeux et se leva assis.

— Je ne m'en souviens pas... Je ne me souviens pas non plus d'avoir fait un tonneau avec le camping-car.

— Vous êtes encore groggy. Ça va vous revenir, dit Maman.

Wilt se leva lentement et analysa l'autoroute.

— Je ne vois pas le cerf.

— Il s'est enfui, dis-je.

Ça ne me plaisait pas de couvrir les sottises de ma famille, mais j'avais de la peine pour Wilt.

— On n'a qu'à appeler quelqu'un pour remarquer le camping-car. Puis on pourra rentrer.

La Tante Pearl murmura quelque chose à voix basse et le camping-car se solidifia graduellement. Les égratignures étaient parties.

— Nope. On est de nouveau prêts à prendre la route.

Wilt dut s'y reprendre à deux fois.

— Mais je croyais que...

— Vous vous êtes cogné la tête et vous ne pensez pas clair, dit Maman. Et vous n'y voyez pas bien non plus.

— Ruby a raison, dit la Tante Pearl. Je prends le volant pour le moment.

— Je ne retourne pas là-dedans, protestai-je. Ce n'est pas sûr.

Avec la Tante Pearl au volant, on allait droit au désastre et il n'y aurait pas machine arrière.

— Il le faut. Tout dépend de toi, Cen.

— Pourquoi moi ? Ça n'a aucun sens.

— Mais si, Cen. Tu vas bientôt trouver ta voie.

La Tante Pearl enroula son bras autour de moi et me serra dans les bras.

C'était le premier câlin que je recevais de la part de ma tante la dure à cuire de toutes mes vingt-quatre années. Cela aurait dû être agréable, mais je ressentais comme un parfum de désespoir. Quelque chose n'allait pas, et je n'étais pas sûre d'aimer.

Nous arrivâmes à l'Hôtel Babylon Las Vegas au petit matin, dix-huit heures après avoir quitté Westwick Corners. Nous avions roulé toute la nuit, en nous arrêtant seulement pour prendre de l'essence. J'étais éclatée, meurtrie, et cassée de l'accident de camping-car et de la conduite folle de Wilt et de la Tante Pearl.

Et je puais toujours l'essence.

— Cen, regarde cet endroit ! s'exclama Maman en pointant vers les colonnes exubérantes de marbre qui bordaient le lobby et pointaient vers le ciel vers un atrium à plusieurs étages. C'est l'hôtel est le casino Racatelli.

— Cet hôtel est à eux ?

Cette preuve de fortune était à l'opposé complet de l'appartement deux pièces en location qu'ils avaient à Westwick Corners autrefois et de leur ancienne entreprise de déchetterie, un raté total d'ailleurs.

J'avais toujours eu mes soupçons sur le fait que cette histoire de déchetterie ne soit qu'une façade pour les activités de la pègre de Tommy Racatelli. Ces soudaines démonstrations de richesse semblaient prouver que l'hôtel avait été acheté avec de l'argent sale. Sauf si, comme la Tante Pearl, ils avaient soudainement eu une chance incroyable.

Peu importe ce qu'il en était, Dame Chance semblait avoir tourné la tête. D'abord pour Tommy et ensuite pour Carla. Rocco suivrait probablement. J'espérais juste qu'il ne faisait pas partie de cette espèce de mission secrète dans laquelle on m'avait attirée. Il m'avait toujours embêtée à l'école, et plus je me souvenais de mon casse-pied de camarade de classe, moins j'avais envie de le revoir.

J'étudiai mon entourage tandis que Maman et Tante Pearl nous enregistraient. Cet hôtel opulent était modelé d'après une villa romaine, complétée par une cour massive emplie de fontaines et de jardins suspendus. Chaque étage surplombait le lobby de la cour. Comme c'était Vegas, la cour n'était pas en plein air. En effet, on trouvait à environ trente-et-un étages au-dessus un dôme de verre qui réfractait la lumière du soleil dehors. Ce paysage était fait pour vous garder à l'intérieur, pas dehors.

Je tremblai dans ce lobby stérile et climatisé en me frayant un chemin loin de quelques parieurs aux yeux troubles.

Je n'avais toujours pas de détails sur notre présence ici. Tout ce que je savais pour sûr était que j'étais coincée à Las Vegas, au moins temporairement. J'avais aussi chaud et faim, j'étais crevée, et j'avais désespérément besoin de fermer les yeux. J'avais l'intention d'appeler immédiatement Tyler une fois qu'on se serait inscrites pour m'excuser de lui avoir posé un lapin. Puis je dormirai pendant quelques heures et trouverai comment rentrer, avec ou sans Maman et la Tante Pearl.

CHAPITRE 6

D'accord, je ne m'attendais pas exactement à un comité d'accueil, mais enfin les balles ce fut une sacrée surprise. Les coups de feu nous arrivèrent dessus de toutes les directions, les douilles ricochant contre les colonnes de marbre. Je courus vers la sortie et me cognai contre deux hommes à fortes carrures en train de courir vers l'entrée. Ils étaient en polo de golf et short treillis. Ils ressemblaient à des touristes excepté les armes de poings qu'ils brandissaient en l'air. Le plus petit des deux jura en me poussant hors de son chemin.

Ma chaussure se prit sur le rebord du tapis et je m'effondrai, juste au moment où deux hommes en costume arrivaient en face de moi. Ils poursuivaient clairement les deux premiers et se comportaient comme s'ils possédaient cet endroit.

Mon cœur s'emballa comme ils se rapprochaient et que le staccato de leurs bruits de pieds résonnait sur le sol de marbre. Je me figeai et hésitai entre deux très mauvais choix : rester immobile à découvert, ou plonger à couvert quitte à tenter un agité de la gâchette.

Je rampai sous une grande table en acajou.

Les balles s'arrêtèrent aussi vite qu'elles avaient commencé.

Je poussai un soupir de soulagement avant de remarquer que les deux hommes habillés de façon plus casuelle étaient en train de recharger leurs armes. Les hommes en costumes s'arrêtèrent à quelques pieds de moi, en pointant leurs armes semi-automatiques vers leurs adversaires. L'un des hommes en costumes rugit un ordre dans une oreillette et quelques secondes plus tard les portes de l'hôtel se verrouillèrent.

— Hé ! Laissez-moi sortir !

Un homme menu aux cheveux gris en jean et t-shirt secouait la poignée de porte sans succès. La porte ne céda pas. Il jeta un œil aux hommes avec une expression de panique. Puis plongea derrière une rangée de palmiers en pots.

Les gens criaient.

L'un des palmiers en pots s'inclina et fit un bruit sourd contre le marbre.

Nous étions piégés dans une fusillade. Je doutais que le cessez-le-feu fût temporaire, mais je ne savais absolument pas quoi faire. La panique puisa en moi pendant que je considérais mes options. J'étais protégée par la table basse, mais ma cachette se trouvait en plein milieu du lobby. J'étais paralysée par la peur. Tout mouvement que je faisais me plaçait dans leur ligne de mire.

Les hommes se retrouvèrent les uns face aux autres, à peine à quelques mètres de ma cachette sous cette table d'acajou. Ils restèrent en silence pendant quelques secondes, en s'évaluant l'un l'autre. L'un des costumes murmura quelque chose en italien que je ne pus déchiffrer.

Quelqu'un jura, puis les feux de l'Enfer éclatèrent autour de nous. Un tir isolé résonna d'abord. Je ne pus voir beaucoup de mon point de vue, mais quelques secondes plus tard, le plus petit des types en chemise et treillis laissa tomber son pistolet et devint flasque. Il trébucha vers l'avant tandis qu'une tâche écarlate se répandait lentement sur la taille de son short beige.

Son partenaire attrapa l'homme blessé sous un bras et le tira vers la sortie. Je me figeai, incapable de bouger. J'étais à la fois un témoin et une cible facile. Maman et la Tante Pearl n'étaient visibles nulle part.

Les deux hommes en costumes les suivirent, mais gardèrent une distance de dix pieds de leurs adversaires habillés de façon plus ordinaire. Ils ne firent aucun nouvel essai de tir. Si les balles visaient à nous indiquer qu'il était l'heure de partir, c'était bien convaincant.

La porte contrôlée à distance s'ouvrit et les hommes pourchassés disparurent aux travers. Une fois qu'ils furent partis, les types en costumes inversèrent leur course et rentrèrent lentement au lobby. Ils avaient beau parler à voix basse, le lobby caverneux amplifiait le volume de leur conversation. Ils s'étaient mis à discuter du match de la nuit catégorie poids lourds, comme si cette fusillade qui venait de se produire était la chose le plus ordinaire du monde.

Je me souvins en un éclair de Carla Racatelli en jetant un œil de dessous la lourde table. Vu les liens à la pègre de la famille, je me demandai si cette fusillade était en une quelconque façon reliée à la mort de Carla. Cela semblait plus plausible que la malédiction dont parlaient Maman et la Tante Pearl.

Vegas ou non, je n'avais aucune intention de tenter le diable en assistant aux funérailles. L'hôtel lui-même n'était pas sûr, et j'étais certaine que ce serait encore pire aux pompes funèbres. Je devais tout faire en mon pouvoir pour empêcher Maman et Tante Pearl de s'embarquer dans leur quête, peu importe ce dont il s'agissait. Parfois c'était mieux de ne pas tenter le destin.

Je devais nous ramener à Westwick Corners. Pas de temps à perdre.

CHAPITRE 7

Je ne vis personne d'autre que les tireurs dans le lobby. Maman, Tante Pearl, Wilt et les autres n'étaient visibles nulle part. Si les autres gens s'étaient cachés derrière les lourds meubles et colonnes de marbre, je ne les voyais pas. Soit ils s'étaient cachés dès le début de la fusillade, où ils s'étaient échappés par les escaliers ou ascenseurs.

Je retins mon souffle tandis que des bruits de pas résonnaient sur le sol de marbre. Un homme non armé traversa à grandes enjambées l'endroit vers des hommes en costumes. Il arrivait des escaliers, même si je ne l'avais pas remarqué auparavant. On aurait dit à le voir qu'une fusillade dans le lobby d'un hôtel était un truc de tous les jours. Je l'observais passer depuis ma cachette sous la table. Il portait un jean noir, une chemise blanche de lin qui semblait coûter très cher collée à son torse musculaire, et un sourire autosuffisant qui indiquait que c'était le boss.

Il était le genre de type arrogant que je haïssais, mais je n'arrivais pas à détourner mon regard de lui. Il était grand, sombre, et étrangement familier. Il s'arrêta abruptement et tourna la tête vers moi. Mon cœur bondit dans ma poitrine quand ses yeux bleus d'acier se verrouillèrent sur les miens.

Trouvée.

Je me retirai plus loin sous la table et ravalai ma respiration. Ma vie allait se finir avant même d'avoir commencé. Cette guerre de territoire devait certainement être la sienne, et il ne voudrait pas partir sans avoir liquidé les témoins.

Après ce qu'il me sembla être une éternité, il rompit le contact visuel et recommença à marcher dans la même direction que les costumes. Il envoya un coup de pied dans le pistolet tombé d'un coup de botte en vélin, l'envoyant valser avec fracas sur le sol de marbre vers moi. Il atterrit à quelques centimètres de ma cachette.

Le nez était pointé vers moi et je remerciai ma bonne étoile de l'avoir empêché de se déclencher à l'impact. Je soutins ma respiration, craignant que l'un de ces hommes ne retrouve l'arme et me découvre sous la table.

L'homme rejoignit les costumes à la porte d'entrée. Ils étaient tous deux clairement sous ses ordres. Le boss fit une pause et se tourna. Ses yeux analysèrent le lobby encore une fois avant de se retourner vers moi. Il m'avait remarquée je ne sais comment, malgré ma cachette. Je me sentis exposée et vulnérable, comme si la table n'était pas là pour me couvrir. D'un autre côté, il ne s'était pas donné la peine de me trahir, alors je baissai ma garde.

Je ressentis un sursaut d'adrénaline, en plus d'un autre sentiment que je ne pus décrire. Mon étrange attirance pour lui fut presque assez puissante pour me faire sortir de ma cachette. Comme je me contorsionnai sous la table pour les garder en ligne de vue, je me cognai la tête sur l'envers de la table.

— Crotte !

La table m'envoya des ondes de choc dans le cerveau comme ma voix portait dans le lobby silencieux.

Le boss grimaça. Quelques secondes plus tard il se tourna sans un mot et emmena rapidement les hommes en costumes au travers des épaisses portes de verre, désormais déverrouillées. L'un d'entre eux alla en premier, suivi par son boss si baraqué.

Le dernier restant se retourna et pointa son arme dans le lobby pour dissuader quiconque de les suivre. Après ce qui me sembla une éternité, il quitta le bâtiment. Quelques secondes plus tard des portières furent vivement rabattues et des pneus crissèrent au lointain.

Une demi-seconde de silence se transforma bientôt en des cris et hurlements paniqués. Je n'étais donc pas seule dans ce lobby, après tout. Les gens se précipitaient hors de leurs cachettes et couraient dans le lobby à la recherche de leurs proches.

Je restai sous la table, choquée à la fois par la fusillade et par mon attirance à ce bel étranger. J'ouvris la bouche mais aucun son n'en sortit. J'étais complètement perdue.

— Aïe !

Quelqu'un me donna un grand coup dans la cheville du pied et je me retournai en roulant pour faire face à la Tante Pearl. J'étais sûre et certaine qu'elle n'y était pas à peine quelques secondes auparavant.

— Laisse-moi rentrer à la maison, Tante Pearl ! On dirait un mauvais film, sauf que c'est pour de vrai. Qu'est-ce qui s'est passé ?

Je n'arrivais à trouver aucune autre raison qui justifierait cette fusillade dans notre hôtel cinq étoiles.

La Tante Pearl grimaça en rampant hors de sous la table.

La panique monta dans mes entrailles tandis que je cherchais Maman et Wilt. Ils étaient restés à côté de moi quelques secondes avant que la fusillade n'éclate, mais n'étaient désormais nulle part à portée de vue. J'en eus des sueurs froides en entendant des sirènes de police hurler dehors. Je m'avançai doucement vers le rebord de la table et jetai un œil hors de ma cachette tandis que les sirènes se rapprochaient.

Les gens étaient partout. Certains étaient en train de pleurer et d'autres se blottissaient les uns contre les autres en état de choc. Une dizaine de personnes, grosso modo, se bousculèrent pour sortir, sans réaliser qu'ils suivaient les pas des tireurs récemment partis.

Je me glissai lentement de sous la table et m'assis. J'avais peu envie de m'éloigner loin de mon refuge pour le moment. Une femme à côté de moi criait dans son téléphone tandis que d'autres s'empilaient dans les ascenseurs, pressés de retrouver la sécurité de leurs chambres à l'étage.

Je repérai Maman qui se levait derrière un large canapé trop rembourré. Wilt était derrière elle. Soulagée, je redonnai un coup d'œil à la Tante Pearl. Elle s'assit les jambes croisées, droites comme un i, sur l'épaisse carpette à quelques pieds de la table. Ses mains reposaient sur ses cuisses comme pour une pose zen au yoga, comme si elle était en pleine méditation au milieu du chaos.

Mais je la connaissais mieux que ça. Elle était en train de lancer un sort. Je tendis la main vers elle, qu'elle repoussa promptement.

— Mince, on l'a raté.

— Raté qui ? demandai-je. Mais qu'est-ce qui se passe ?

Le lobby grouilla bientôt d'au moins une dizaine de policiers. Ils dirigèrent les gens pour former une ligne près de la réception, où ils interrogèrent les témoins un par un. Des officiers stationnaient aux sorties et aux ascenseurs, de sorte que nul autre n'ait pu quitter le lobby. Ce ne serait qu'une question de temps avant qu'ils ne nous interrogent à notre tour.

— Est-ce que tu as vu ce beau gosse ? demanda la Tante Pearl dont les yeux s'étaient agrandis d'une innocence feinte.

Je haussai les épaules, craignant de dire quoi que ce soit qui puisse révéler mon attirance.

— De toute évidence oui, à en juger par ta réaction. C'était le petit-fils de Carla, Rocco, s'amusa Tante Pearl avec un sourire narquois. Comment peux-tu ne pas le reconnaître après toutes ces années ? Vous jouiez tout le temps tous les deux quand vous étiez enfant. Tu te souviens ?

Le regard de la Tante Pearl se perdit avec mélancolie dans le vide.

— Ce type n'était pas Rocco.

Je ne l'avais plus vu depuis le lycée, mais mon ancien camarade de classe n'avait aucune ressemblance avec cet homme mystérieux et attirant. Je savais bien, puisque je l'avais *bien* regardé. Cet homme mystérieux était inoubliable.

Je me levai et allais vers le sofa derrière moi pour analyser le lobby. Mis à part le bégaiement de quelques touristes sonnés, il ne restait que peu de preuves de la fusillade. Juste quelques impacts de balle dans les murs du lobby, que la police était occupée à examiner.

C'était peu de dire que l'absence de blessés était miraculeuse.

— Il faut qu'on aille parler à la police. Nous sommes témoins.

— Ne sois pas idiote, Cen. On ne doit pas attirer l'attention sur nous. Rocco le fait déjà assez comme ça. Un tel goût pour le dramatique, gloussa la Tante Pearl en posant la main sur sa bouche. J'aimerais bien qu'il en fasse un peu moins quand même. Manny ne va pas aimer.

Je doutais que la police nous laisse partir sans nous interroger, mais les choses restaient pas mal chaotiques dans le lobby.

— Qu'est-ce que tu trouves aussi drôle ? On vient de se faire tirer dessus. Il faut qu'on sorte de là, dis-je.

J'avais envie de demander qui était Manny, mais la Tante Pearl était clairement en train de m'appâter, et je n'avais nulle intention de lui donner cette satisfaction de poser la question.

Tante Pearl secoua la tête.

— Tu as raison. Allons poser nos bagages en haut et allons au casino. Tu as besoin de te détendre. Peut-être qu'on verra même Rocco.

— C'est la dernière personne que j'ai envie de voir.

C'était vrai et pas si vrai que ça en même temps. J'aurais pu rester là à contempler cet homme pour l'éternité. Mais je ne comptais pas être un pion de l'une des folles entreprises de la Tante Pearl. Je ne voulais pas non plus renouer contact avec un garçon de mon passé que je n'avais jamais tellement aimé. Peu importe combien il était beau.

— Arrête d'être aussi négative, dit la Tante Pearl en levant les yeux au ciel. Tu n'as pas arrêté de te plaindre de l'essence et de ton fichu entretien d'embauche pendant tout le trajet.

— Comment aurais-je pu faire autrement ? Tu m'as kidnappée !

La Tante Pearl agita la main comme si de rien n'était.

— Ce pauvre Rocco vient de perdre sa Grand-mère et tu ne penses qu'à toi. Je n'aurais jamais dû t'amener.

— Voilà. Tu n'aurais pas dû. Je ne veux rien avoir à faire avec Rocco ou avec les plans bizarres que tu aurais pu concocter.

Mon humeur se ragaillardit un tout petit peu toutefois en voyant Maman et Wilt venir nous rejoindre.

La Tante Pearl fit un sourire diabolique.

— Rocco n'est pas qu'un gentil garçon, Cen. Il est ambitieux et intelligent. Vous feriez la paire tous les deux.

— Je ne vois pas en quoi cela a quoi que ce soit à voir avec tout ça.

L'idée que la Tante Pearl essaie de me mettre avec Rocco alors qu'il pleurait toujours sa grand-mère manquait extrêmement de tact, même pour elle. J'espérais juste qu'elle ne ferait rien pour me mettre dans l'embarras.

— Oh, ça va venir, dit ma tante sur les lèvres desquelles un sourire se dessina tandis qu'elle mettait un bras autour de moi et me pressait l'épaule. Ça va venir.

CHAPITRE 8

Nous nous inscrivîmes au registre dès que la police de Las Vegas eut enregistré nos témoignages et détails personnels. J'étais complètement épuisée, même si on venait à peine de passer l'heure du petit déjeuner.

J'étais furieuse contre la Tante Pearl de tourner ainsi autour du pot.

— Pourquoi est-ce que tu n'as pas dit à la police que tu connaissais Rocco ?

— Ils n'ont jamais posé la question, alors pourquoi est-ce que j'aurais dû me donner la peine de parler de lui ? Ça ne fait aucune différence.

Je secouai la tête.

— Ça fait une grosse différence. Il était avec deux des tireurs.

— Peu importe, fit Tante Pearl en chassant mon inquiétude d'un geste de la main. On a un job à faire sous peine de vie ou de mort, alors il faut bien rester loin de surveillance.

— Quel job ?

La Tante Pearl mima une fermeture éclair sur ses lèvres et se détourna. Elle m'ignora complètement en suivant le porteur et nos bagages au travers du lobby en direction des ascenseurs, en zigzaguant autour des groupes de clients perplexes.

La seule bonne chose qui résultait de toute cette scène chaotique était que Wilt n'avait pas tardé à disparaître. Il avait décidé de rester au camping-car au lieu d'aller dans la suite que nous étions toutes supposées partager. J'étais soulagée car même les sorcières qui n'aimaient pas leurs talents comme moi devaient parfois se détendre et s'autoriser à reprendre leur aspect naturel.

Chose qui aurait été impossible avec Wilt dans la suite, et mes nerfs étaient déjà à bout à cause de notre épuisant road-trip. L'une d'entre nous allait faire une erreur à un moment ou à un autre. Cacher nos talents magiques à toute heure du jour était presque plus dur que d'être une sorcière.

Le porteur nous fit signe d'entrer dans un ascenseur privé à la fin de la rangée d'ascenseurs. Les portes s'ouvrirent et nous y entrâmes comme des VIP, à nous attirer des regards noirs de la part des dizaines de personnes alignées devant les ascenseurs normaux. Je ne pouvais m'empêcher de penser que notre traitement de faveur ne pouvait nous être accordé sans contrepartie.

Le porteur nous suivit à l'intérieur, tirant derrière lui son chariot de laiton aux revêtements de velours, chargé de bagages. Il scanna sa clé électronique et pressa l'un des nombreux boutons inscrits de lettres plutôt que de numéros d'étages. Celui qu'il appuya était gravé d'un « R » tracé dans un style calligraphique.

Je fus surprise de voir ma propre valise en haut de ce montant de bagages. Je n'avais rien emporté dans mon voyage inattendu. Soit la Tante Pearl avait apporté la mienne parce qu'elle avait prévu de me kidnapper depuis le début, ou elle avait usé de magie.

J'eus à peine le temps de me poser la question que la porte de l'ascenseur s'ouvrit sur un spacieux vestibule de marbre avec un plafond incroyablement haut. C'était là aussi dans le même thème italien que le lobby mais à échelle réduite. Les murs s'ornaient de larges peintures impressionnistes installés au-dessus d'une fontaine de marbre avec une eau colorée qui gargouillait.

Maman sortit de l'ascenseur et eut la bouche bée devant ce qui l'entourait.

— Tu es sûre que c'est le bon endroit ? On dirait plus une villa.

Ce décor était un mélange entre un appartement provincial français et une villa italienne des années cinquante qui subissait une rénovation des années 70 un peu bizarre. Beaucoup d'autres thèmes étaient mélangés à ceux-ci, mais ces deux-là prévalaient sur le reste. Comme le lobby, c'était un mélange de différentes ères.

L'architecture européenne contrastait avec le tapis à longs poils d'or. En plein milieu du plan de sol ouvert se trouvait une aire d'assise de living-room enfouie, sortant directement d'une vieille sitcom des années 70 façon Mary Tyler Moore. Un escalier en fer forgé menait à un premier étage, où je supposais que se trouvaient les chambres.

L'intérieur à la décoration si exagérée me fit momentanément oublier qu'on était dans un gratte-ciel de Las Vegas et pas dans une sorte de Versailles rétro et hippie. Je restais plantée à l'intérieur du vestibule, bouche bée.

— Allez, on n'a pas toute la journée, déclara Tante Pearl en m'attrapant le bras et en m'attirant dans la suite. On a des choses à faire.

Je dégageai mon bras du sien et fis une pause en face de l'une des grandes peintures à l'huile. À en juger par le coup de pinceau et le cadre qui avait l'air si cher, c'était à la fois une œuvre authentique et très vieille.

Le portrait semblait dater des années 30. Un petit homme en costume à rayures était debout derrière une femme assise. Sa robe en sequin était accentuée par un sautoir de perles long. Elle avait les mêmes yeux bleus perçants que l'homme du lobby.

Je passai la main au-dessus du bas du cadre. Il glissa légèrement hors de son emplacement alors je le redressai. C'était la première suite dans laquelle je séjournai où les images n'étaient pas boulonnées au mur. Mais il y avait autre chose. À la place de l'un des yeux de l'homme se trouvait un impact de balle.

J'en sursautai et me tournai vers Maman et Tante Pearl, mais elles avaient déjà quitté le vestibule. Je les suivis dans la suite et observai le porteur monter nos sacs hors de l'escalier en spirale.

— Bienvenue ! détonna une voix mâle puissante derrière moi.

Je sursautai et me retournai pour voir un homme blond bien bâti au début de la trentaine, habillé chic dans un costume sombre. Ma première pensée fut qu'il était habillé pour les funérailles.

Il sourit et tendit la main.

— Je suis Christophe, votre majordome.

Je grimaçai en lui serrant la main. J'analysai la suite du regard. Elle devait faire plus de cent quatre-vingts mètres carrés juste à l'étage principal, en plus de l'espace additionnel à l'étage supérieur.

— Il doit y avoir une erreur, je pense. Ce n'est pas notre chambre.

Christophe sourit poliment mais ne répondit pas.

— On ne peut se permettre de rester dans un endroit pareil, dit Maman en se tournant vers Pearl. Cela a dû coûter une petite fortune. Combien exactement as-tu gagné au loto ?

Tante Pearl secoua la main en faisant comme si de rien n'était.

— Ne t'inquiète pas. Je te dirais plus tard.

— Est-ce que je peux offrir à ces dames quelques cocktails ? demanda Christophe.

— Il est à peine neuf heures du matin, dis-je. Vous ne croyez pas que c'est un peu tôt ?

Des cocktails préparés par un majordome devaient être mille fois plus chers que des boissons de minibar. Même si le loto de la Tante Pearl était bien réel, je doutais qu'on puisse se le permettre.

— Pourquoi remettre à demain ce qu'on peut faire tout de suite ? gloussa Maman. Laisse-toi un peu aller, Cen.

J'attrapai le bras squelettique de la Tante Pearl et la tirai sur le côté.

— Qu'est-ce que tu as donné à Maman ? Je ne l'ai jamais vue comme ça.

— Du calme. Elle se relaxe enfin pour une fois, au lieu de travailler jusqu'à épuisement comme d'habitude à cette stupide auberge.

— Tu veux faire faire faillite à notre hôtel. C'est pour ça que tu nous as amenés ici, en fait.

Cela n'était guère un secret que ma tante haïssait notre travail officiel de Westwick Corners. Je redonnai un coup d'œil à Maman, qui était au bar où Christophe plaçait les dernières touches sur trois verres aux allures fruitées.

La Tante Pearl en attrapa un et se dirigea vers les portes-fenêtres qui menaient au patio.

Maman en prit un autre à son tour et en vida la moitié d'une gorgée.

— Cet homme est un génie. J'aimerais tellement vous engager pour l'auberge.

Christophe sourit.

— Vous pouvez peut-être. Je serais bientôt à court d'emploi, et j'en ai marre de Vegas. Parlez-moi un peu de votre auberge.

— Oh, ça n'a rien de comparable à l'Hôtel Babylon. Notre auberge à Westwick Corners n'a que douze chambres. Et la ville où on l'a installée est presque morte, fit-elle avant de glousser en finissant le reste de son verre. C'est trop insipide pour un jeune homme comme vous. Je me sens idiote rien que d'en avoir parlé.

Christophe prit son verre et alla au bar pour le remplir.

Maman le suivit de près.

Je sortis dans le patio et rejoignis la Tante Pearl. Le grand patio de la suite enroulant cette dernière était pratiquement aussi large que la suite elle-même. Elle avait sa propre piscine à couloir de nage, un jacuzzi, et des sièges arrangés pour maximiser la vue de la ville, qui probablement était magnifique de nuit. À cette heure matinale tout était encore silencieux, comme si la moitié de la ville était encore endormie.

Je me retournai vers ma tante.

— Maman a raison. On ne peut se permettre cet endroit sous aucun moyen, même avec une énorme remise.

— Relax, dit la Tante Pearl. C'est peut-être une suite hyper luxueuse, mais elle ne nous coûte pas un centime.

Je me retournai pour faire face à ma tante.

— C'est pas notre style, et on n'a certainement pas le droit de rester ici sans aucune contrepartie. C'est quoi le truc ?

— Il n'y en a pas, fit-elle avec un clin d'œil.

Maman émergea de la suite, comme si on l'avait appelée. Elle me dépassa avec un pas incertain, en renversant son verre à nouveau rempli sur le pont de béton.

— Rien n'est gratuit, parce que l'hôtel s'attend à ce que nous dépensions des milliers de dollars en paris. Même tes gains au loto ne suffiront pas. Ça pourrait même tourner au drame.

Maman faisait allusion au problème au jeu de la Tante Pearl. Les gains au loto étaient là en épée de Damoclès. Je doutais de la faculté de ma tante à éviter suffisamment longtemps les tables de jeux et autres machines à sous en contrebas pour ne pas s'attirer d'ennuis.

— Je n'ai rien dépensé pour la suite ou pour quoi que ce soit d'autre. Rocco nous a offert la chambre parce qu'il nous considère comme de la famille. Non que je ne puisse me l'offrir. En plus, vous m'enquiquinez, j'ai le droit de parier si j'en ai envie. Je suis millionnaire et j'ai de l'argent à brûler.

Je revins en un éclair au beau gosse et à la fusillade. Je n'aimais pas avoir une dette à un mec qui avait besoin de gardes du corps. La Tante Pearl avait probablement mal compris son invitation, s'il nous en avait vraiment envoyé une. Je me fis une note mentale d'aller vérifier à la réception plus tard le vrai tarif de notre chambre.

Maman pointa un index vers Pearl.

— Je pense quand même qu'on aurait dû rester dans le camping-car. C'est toi qui seras responsable si quelque chose se passe mal.

Elle se dirigea vers les chaises longues sans attendre de réponse.

Tante Pearl se tourna vers moi et leva les yeux au plafond.

— Vous devez vraiment apprendre toutes les deux à arrêter de vous inquiéter et à profiter.

— Comment ? Tu nous as toutes deux kidnappées et tu refuses de nous expliquer combien et quand exactement tu as gagné au loto. Je ne me relaxerai pas jusqu'à ce que tu m'aies dit ce qui se passe vraiment.

J'avais presque envie de rejoindre Wilt dans le camping-car. Presque, mais quand même pas.

— OK, très bien. Je te raconterais, mais tu ne dois rien dire à Ruby, fit la Tante Pearl en se massant les tempes. C'est un peu compliqué. Je ne sais pas où commencer.

— Et si tu nous expliquais la fusillade dans le lobby pour commencer ?

La main de la Tante Pearl se posa immédiatement sur sa bouche.

— Ce n'était pas horrible ?! Je n'ai aucune idée de ce qui…

Je levai la main en protestation.

— À mon avis tu sais très bien ce qui s'est passé, et si tu ne me le dis pas, je m'en vais. Je rentrerai toute seule à la maison.

Elle semblait avoir tout prévu depuis le début, une sorte d'introduction à la confession ouvertement dramatique qu'elle allait me sortir. Je contrai d'avance.

— Je peux louer une voiture, par exemple.

— Et comment ? Tu as oublié ton sac à main et tu n'as pas d'argent.

— Je trouverai quelque chose.

— Si tu avais plus pratiqué ta sorcellerie tu aurais pu en conjurer une. Quel manque de talent, dit la Tante Pearl en secouant lentement la tête.

— Arrête de changer de sujet, Tante Pearl.

— OK, très bien, soupira-t-elle. Qu'est-ce que tu veux savoir ?

— Tout. À commencer par les gars en bas des escaliers. Tu sais quelque chose que tu refuses de dire.

Soit elle était impliquée d'une quelconque façon ou en connaissait beaucoup plus sur le sujet que prévu.

Tante Pearl se tamponna une larme imaginaire.

— Je n'aurais rien dit à personne en temps normal, mais pour être honnête, ça va me soulager copieusement d'avoir une confidente ; quelqu'un de mon côté.

— Je n'ai jamais dit que je serais de ton côté. Je veux juste savoir dans quoi tu nous as fourrées.

— Ils nous ont déjà pris Carla, et Tommy avant elle, fit la Tante Pearl en ravalant son souffle. Ils auront aussi Rocco, à moins qu'on puisse les arrêter. J'ai un plan.

Je me recouvris les oreilles.

— *On ne va* arrêter personne. Est-ce que Maman en sait quelque chose ?

— Il y a des choses qu'il vaut mieux qu'elle ignore.

— Comme ?

— Des secrets de famille, dit la Tante Pearl. Celui-ci risque de lui briser le cœur.

CHAPITRE 9

Je sirotai mon cocktail aux fruits. Les dires de la Tante Pearl défiaient l'entendement. Je ne me souvenais jamais d'avoir vu Maman avoir un rencard, et encore moins une relation sérieuse. Et elle n'aurait eu aucune raison de me le cacher.

Papa avait disparu sans laisser de trace quand j'étais à l'école primaire. Depuis, Maman s'était investie à fond dans la cuisine, la pâtisserie et la jardinerie. Elle faisait même du vin depuis nos vignobles et avait transformé notre maison ancestrale en une auberge. Elle s'occupait en permanence, sans jamais mentionner Papa. Elle n'avait jamais parlé de rencard ou de petit ami stable non plus.

Pourtant la Tante Pearl racontait l'inverse.

— Ruby s'est fait larguer par son amant. Il l'a quittée pour Carla Racatelli.

— Quel amant ? Tu inventes tout.

Je ne me souvenais pas avoir jamais vu Maman quitter Westwick Corners, et elle n'avait jamais eu de courtisan à ma connaissance. Elle était trop casanière pour mener une double vie. Mais ma tante semblait sérieuse. Je ne pensais pas qu'elle mentait cette fois.

Tante Pearl secoua lentement la tête.

— J'aurais aimé être en train d'inventer. Si seulement je pouvais défaire tout ce qui s'est passé. Mais c'est impossible. Retournons à l'intérieur où nous pourrons parler sans qu'elle risque de nous entendre.

Je la suivis avec réticence, choquée à l'idée de Maman pouvant entretenir une relation secrète avec quelqu'un. J'étais aussi blessée un peu qu'elle avait dû me cacher des secrets.

— Pourquoi Maman ne m'a-t-elle jamais parlé de cet homme ? Quand est-ce qu'elle le voyait ?

— C'est une sorcière, Cen. Une sorcière compétente a bien des méthodes à sa disposition pour s'octroyer le don d'ubiquité. SI tu pratiquais ta magie plus souvent, tu le saurais, fit-elle avant de grimacer. Ruby savait que tu n'approuverais pas cette liaison, alors elle ne t'en a jamais parlé. Tu es trop droite et moralisatrice.

— Depuis quand est-ce que c'est une mauvaise chose ?

Je m'assis dans un fauteuil surdimensionné, en diagonale de la Tante Pearl, perchée elle sur le rebord d'un sofa blanc incroyablement long en cuir.

— Je n'ai jamais dit que ça l'était. Mais Ruby savait que tu la jugerais.

— Je ne juge *personne*.

L'idée que Maman puisse avoir une vie amoureuse ne m'avait même jamais traversée. Je pense que j'aurais dû m'attendre à ce qu'elle sorte avec quelqu'un, et cela faisait des décennies depuis le départ de Papa. Mais elle n'avait juste jamais semblé intéressée par une relation, et elle n'était pas du genre à tenir des secrets. Cette histoire ne devait pas s'arrêter là. Et apparemment, oui.

— Ruby devrait se réjouir d'être débarrassée de ce glandeur, dit la Tante Pearl en se penchant en arrière contre le bras de son sofa, étendant ses jambes squelettiques devant elle. Qui sait, ça aurait pu être elle à la place.

J'avalai ma salive.

— Tu crois que cet amant a tué Carla ? Qui est cet homme ?

— Bones Battilana. L'un des plus puissants patrons de pègre d'Amérique. Il voulait aller à Las Vegas, mais tout le Nevada est contrôlé par les Racatellis. La rumeur veut que Bones ait tué Tommy il y a quelques années pour arracher le contrôle de la famille Racatelli. Il ne s'est jamais attendu à ce que Carla prenne les rênes. Elle s'est révélée être bien meilleure à ce business que Tommy ne l'a jamais été. Alors son plan pour consolider son pouvoir s'est retourné contre lui.

— Alors il a courtisé Carla à la place ? dis-je, ébahie avant qu'une ampoule ne s'allume dans ma tête. Tu dis que Maman est sortie avec un gangster, et puis qu'il l'a larguée pour aller faire du gringue à Carla ? C'est de la folie.

— On dirait un peu. Mais je ne sais pas quoi faire, fit la Tante Pearl en rejetant les mains en l'air, renversant son cocktail sur le sofa. Maintenant tu vois pourquoi j'ai besoin de ton aide. Je ne veux pas qu'elle flippe aux funérailles en voyant Bones.

— Je pense que tu devrais lui dire assez rapidement.

Mon cocktail fruité était sacrément costaud. J'avais l'impression d'être saoule, et j'avais à peine pris plus que quelques gorgées. En fait, il semblait nous affecter toutes à l'extrême. C'était peut-être de la paranoïa, mais je commençai à me demander si nos verres contenaient plus que de l'alcool.

Christophe apparut quelques secondes plus tard avec un tissu et une bouteille d'eau pétillante. En une minute il eut séché avec expertise le cocktail renversé. Il était radieux et fier, me rappelant une Martha Stewart au masculin, à l'affût de la moindre opportunité de montrer ses nombreuses astuces.

Christophe nous fit une légère courbette et se tourna en direction de la cuisine. Nous restâmes en silence en attendant qu'il soit hors de portée auditive.

— Tu sais, Cen... Tu as plutôt le don pour gérer les situations de crises, dit la Tante Pearl en se grattant le menton comme si elle prenait en considération mes talents — ou plutôt leur manque — pour la toute première fois. C'est un sujet très délicat, et tu es bien meilleure à tout cela que moi.

— Non. Comment suis-je supposée dire à Maman quelque chose que je ne suis même pas supposée savoir ?

— Tu trouveras bien.

Elle analysa la suite du regard pour s'assurer que personne n'écoutait. Sa voix baissa et ne devint qu'un murmure.

— Bones Battilana est un sacré morceau dans le coin. Mieux vaut faire profil bas.

— À mon avis tu inventes tout. Maman ne sortirait jamais au grand jamais avec un gangster, et encore moins un type qui s'appelle « Bones ».

Bones. Ou « Os » en anglais. N'importe quoi. Maman qui sort avec un type portant le nom d'une partie anatomique, ça me filait la chair de poule.

— Ruby est peut-être ta mère, mais elle n'est pas différente des autres femmes. Elle est sortie avec lui pendant presque une décennie. Nous avons toutes des besoins, Cen. Même moi.

Cela devenait de plus en plus glauque. C'était déjà assez dur d'imaginer Maman sortir avec un homme, mais l'idée de ma grincheuse de Tante Pearl avec des « besoins » semblait contredire tellement sa personnalité et son style de vie ! Elle ne s'était jamais mariée et avait toujours paru haïr toute personne dotée d'un chromosome Y.

— Cet homme doit avoir un vrai nom.

— Danny. Tout semblait aller jusqu'à il y a environ trois semaines. C'est là que Bones — je veux dire Danny — a dit à Ruby qu'il devait partir pendant trois semaines en Asie. Elle ne l'a plus revu depuis. Elle pense que tout entre eux va très bien. En vrai, il l'a juste trompée pour Carla, mais n'a pas eu le cran de le lui dire en face.

— Et voilà que Carla est morte. Tu parles d'un mauvais timing.

— Ou peut-être d'un bon timing. Je suis pratiquement certaine que Bones a tué Carla, dit la Tante Pearl. C'est pour ça que je t'ai affectée au *Projet Vegas Vendetta*. Nous devons enquêter sur le meurtre de Carla et venger sa mort. Oh… Et ta première tâche est de raconter à Ruby ce que son bon à rien de petit ami faisait.

Au moins l'ex petit-ami de maman restait un « ex », mais l'idée qu'il puisse être le tueur soupçonné de Carla me faisait me dresser les cheveux sur la tête. Je ne savais quasiment rien sur la mort de Carla, mais une autre explication devait exister. Je sursautai quand les portes-fenêtres s'ouvrirent à la volée et que Maman revint à l'intérieur.

— On n'en fera rien !

— Hein ?

Maman nous adressa un large sourire du seuil de la porte. Elle chancelait sur place en levant son verre vide pour nous décerner un toast. Elle ne buvait que rarement, et je ne l'avais jamais vue saoule avant. Aujourd'hui semblait être une première de beaucoup de choses, et peu de bonnes.

— Cela sera bien mieux si ça vient de toi que de moi. Tu sais que je vais tout faire rater.

La Tante Pearl s'agita sur le sofa et apporta ses genoux à sa poitrine. Elle m'adressa un faux sourire.

— S'il te plaît ?

La Tante Pearl ne recevait jamais non comme réponse, et je subirais des conséquences si je n'acceptais pas son plan. Je me sentis acculée.

— Tu n'as jamais dit que Carla avait été assassinée. Maman le sait ?

Maman fit tourner son verre de cocktail et nous dépassa d'un pas mal assuré vers la cuisine en quête de Christophe et de son élixir magique.

Tante Pearl attendit qu'elle ait quitté la pièce.

— Oui.

— Tu aurais dû me dire tout ça il y a longtemps.

— Qu'est ce que je pouvais dire ? La relation de Ruby était son secret, et elle m'a fait jurer de le garder.

Tante Pearl leva les mains, paumes vers le ciel. Sa lèvre inférieure trembla.

— Je sais, Cen. Mauvaise décision de ma part. Mais c'est un peu tard pour régler ça maintenant. Tu sais combien je suis mauvaise à ça. Je vais mal le faire et rendre Ruby encore plus bouleversée. Elle ne sait rien de sa liaison. Elle aura le cœur brisé. Elle croyait que Bones allait la demander en mariage.

— Danny.

La Tante Pearl leva les yeux au ciel.

— D'accord. Danny.

Encore une bombe.

— La fusillade dans le lobby… Ça aussi ça faisait partie du business-trip de Battilana ?

La Tante Pearl acquiesça.

— Les hommes de Rocco le défendaient contre un autre assassin de Bones Battilana. On doit les attraper avant qu'ils ne tuent Rocco. C'est pour ça que tu dois raconter à Ruby pour sa liaison illicite avec Carla. On ne peut pas risquer qu'elle s'approche de lui quand il est si dangereux et imprévisible.

— La police ne l'a pas encore arrêté ?

La Tante Pearl fit non de la tête.

— Il joue le mari en deuil, et la police le croit. Le mari est pourtant toujours le suspect numéro, pourtant. Pendant ce temps là, il continue comme d'habitude, à essayer de prendre le contrôle des biens de Carla. C'est pour ça qu'il l'a épousée. Il n'a pas pu arracher le contrôle de Las Vegas des mains des Racatelli, alors il les a rejoints. Et il a rejoint l'action.

— Whoa – Bones est marié à Carla maintenant ?! m'exclamai-je, la tête tournant de tout ce que venait de dire la Tante Pearl. Qu'est-ce que je dis à Maman ?

— Tout. Maintenant que Carla est partie, Ruby essaiera peut-être de se réconcilier avec lui. Ça serait une grave erreur. Pendant que tu fais ça, je nous récupère quelques boissons plates, dit Tante Pearl en bondissant hors de son canapé et en allant à la recherche de notre majordome. Christophe ? Youhou !

Je bondis à sa suite.

— Attends – il faut que tu racontes à la police ce que tu sais avant qu'ils ne viennent nous interroger. Peut-être qu'ils pourront protéger Maman.

Ma tête tournait de tous les dires de ma tante. Mon entretien raté semblait minime en comparaison.

— Impossible, Cen. On ne fait confiance à personne. Pas même à la police.

CHAPITRE 10

Je fis un pas hors de l'ascenseur, toujours sonnée par la confession de Tante Pearl. Je ressentais aussi les effets des puissants cocktails de Christophe. J'avais perdu le compte sur le nombre que j'en avais bu, même si au départ je n'avais pas eu l'intention d'en consommer un seul. En ce qui concernait la Tante Pearl, je ne savais pas si je devais être effrayée ou furieuse. Un peu des deux.

Je traversai le lobby en direction du casino. Il n'était pas exactement difficile à trouver avec toutes les lumières éblouissantes, les cloches et les hordes de touristes d'âge moyen obèse. La plupart étaient en t-shirts Las Vegas et en short. Le contraste entre ces vêtements casuels et le décor opulent ébranlait mes sens.

Bien sûr, les casinos ne refusaient personne. Surtout pas les gens avec de l'argent dans les poches, peu importe la laideur de leurs fringues. Et de ce que je voyais, le business fleurissait.

Je me reconcentrai sur ma mission : trouver un téléphone pour appeler Tyler et lui demander pardon pour notre rencard raté. Je considérai l'idée de prendre un avion pour rentrer, mais sans argent ou carte de crédit, c'était impossible. De toute façon, Tante Pearl déjouerait mes efforts. Elle voulait à tout prix que j'aille à ces funérailles et n'acceptait aucun refus.

Je ne pus trouver de téléphone dans le lobby, et ne trouvai dans l'hôtel aucune installation dotée d'autre tonalité que de celles du jeu. Toute cette atmosphère ébranlait mes sens déjà troublés. Pas de fenêtres ou d'horloges. Sans montre, on ne pouvait non plus savoir l'heure du jour. Tout ce qui distrayait les parieurs était un refus catégorique.

Je me dirigeai dans le lobby et quittai les portes de verre tournantes vers la rue. Le ciel était légèrement couvert, mais cela n'avait pas d'impact sur la chaleur qui assaillit déjà ma peau d'air conditionné.

Je devinais qu'on était probablement en fin de matinée, même si j'avais perdu toute notion du temps.

Je me tins à quelques pieds du côté de l'entrée et pris quelques moments pour me relever et me reprendre. Je me dirigeai vers ce qui semblait être un quartier commerçant, espérant trouver un centre commercial ou une boutique où je pourrais acheter un téléphone jetable pas cher.

Tyler devait se demander pourquoi je ne l'avais pas appelé après avoir raté notre rencard la nuit dernière. J'avais probablement détruit toute chance que j'avais jamais eue avec lui.

D'abord j'appellerai Tyler, puis je trouverai un moyen de rentrer à la maison. Le moyen de transport le plus simple et le plus rapide incluait une intervention magique, mais mes talents n'étaient pas assez bons pour trouver quoi que ce soit qui se rapproche de la téléportation. Je doutais sérieusement que Maman ou la Tante Pearl m'aide. Dans le meilleur des cas, elles pointeraient du doigt mes leçons de magie caduques et diraient que c'était bien fait pour moi.

J'hésitais aussi intérieurement sur ce que je devrais dire à Tyler. Je voulais qu'il comprenne que je n'avais pas annulé notre rencard juste comme ça. Sauf que mon histoire de kidnapping semblait simplement impossible. Dire la vérité ne ferait qu'empirer son impression déjà mauvaise de la Tante Pearl.

Deux pâtés plus loin je ne vis toujours aucun signe de magasin général ou d'autre endroit à acheter un téléphone. Les seuls business du coin étaient des casinos. Mon manque de familiarité avec Las Vegas signifiait que cela me prendrait longtemps pour trouver un téléphone.

Je me mis dans un coin sans savoir que faire ensuite, frustrée. Puis l'illumination me vint : j'avais d'autres options. Mes talents de sorcellerie n'étaient peut-être pas assez adéquats pour me ramener aux Westwick

Corners, mais je connaissais les sortilèges de base et avait conjuré déjà des objets inanimés par le passé. Aucun téléphone, mais cela devait être à ma portée. Je regrettais de ne pas m'être au moins entraînée, de sorte que mes talents n'auraient peut-être pas été si rouillés.

Au lieu de cela, j'avais gaspillé l'avantage même qui aurait pu me sortir de ma situation actuelle. Même si je devais blâmer la tante Pearl de m'avoir kidnappé, le pétrin dans lequel j'étais était au final ma faute.

Je n'avais que récemment décidé que mes talents naturels n'étaient pas du tout de la triche. En fait, ce n'était pas des talents, puisque chaque sort prenait des heures à apprendre, et un montant significatif de pratique pour garder mon savoir. J'en tirais ce que j'y mettais. Ni plus ni moins.

Cette épiphanie m'était venue quand j'avais fait un pari contre la Tante Pearl — et que j'avais perdu. Perdre ce pari m'avait engagée à suivre les soixante-dix-sept leçons de ses Perles de Sagesse à l'École de Charme de Perle. Les cours comprenaient tout ce dont on a besoin pour devenir une sorcière à succès. Malheureusement, je n'avais progressé que jusqu'à la leçon 3. Cela signifiait que j'étais bonne à faire disparaître des choses, mais moins à en conjurer.

Mais j'en avais conjuré certaines. Mes résultats avaient souvent des conséquences inattendues, mais au moins ils valaient quelque chose. Cela valait la peine d'essayer.

Je me massai les tempes en essayant de me souvenir des mots extraits du sort des Petits Objets que j'avais appris durant la leçon deux. Des fragments du sort me revinrent comme je me représentai les mots en tête. Je changeai de direction et revins à l'hôtel. Je pourrais pratiquer dans ma chambre dans la suite, sans que Maman ou Tante Pearl ne le sachent. Au moins elles seraient toutes près si j'avais besoin d'aide.

UN, deux, trois,
Téléphone vient à moi…

NON, ça n'avait pas l'air bon. Je ralentis le pas.

. . .

UN, deux, trois,
Téléphone soit…

UNE ERREUR d'un seul mot pouvait avoir des résultats désastreux, de sorte qu'essayer et se tromper n'était vraiment pas une option. Si seulement j'avais un exemple auquel me référer.

J'entrai dans le lobby et me dirigeai vers l'ascenseur. J'étais tellement perdue dans mes pensées que je me cognai dans la poitrine d'un homme.

Une poitrine musculaire, dure.

Et je me trouvai à fixer les yeux bleu intense d'un homme que je n'avais plus vu depuis fort longtemps.

CHAPITRE 11

Je reculai et commençai à m'excuser, soudainement fort gênée.

— Cendrine West ! Je te reconnaîtrais les yeux fermés.

Rocco Racatelli fixa ma poitrine du regard avant de lentement remonter ce dernier vers mon visage.

— Quelle surprise de te voir ici !

Je lui en voulais de m'avoir matée ainsi, avant de réaliser que j'avais fait exactement pareil. J'étudiai son expression, sans savoir s'il plaisantait ou s'il était sérieux. Selon la Tante Pearl, non seulement Rocco savait que nous étions ici mais il était aussi celui qui nous prêtait notre suite fantaisiste. La dernière personne à qui j'avais envie de devoir des faveurs était bien Rocco Racatelli.

— Tu es surpris de me voir ?

Je me remémorais en flash la fusillade dans le lobby. Il m'avait bien remarquée ce matin, même si depuis, j'étais devenue notamment un peu plus échevelée et pompette. Selon les dires de la Tante Pearl, cette rencontre ne pouvait pas être considérée comme une coïncidence s'il nous attendait. Mais la Tante Pearl disait beaucoup de pieux mensonges, alors c'était impossible à savoir pour sûr. Je gardai la bouche fermée, au cas où.

— Mais bien sûr, dit-il, ses yeux bleus scintillants de joie. Depuis combien de temps ça fait ? Dix ans ?

Je rencontrai son regard et acquiesçai, bouche bée devant ce bel étranger qui ne ressemblait absolument pas au Rocco dont je me souvenais. Il était parti l'adolescent boutonneux avec embonpoint que j'avais rencontré à Westwick Corners. Une décennie et du temps passé à la salle de sport avaient dramatiquement transformé l'apparence de Rocco. Il s'était changé de vêtements pour une tenue plus casuelle depuis la fusillade du lobby, mais restait soigné. Des muscles saillants ressortaient outrageusement sous un t-shirt étroit blanc presque aussi brillant que son brillant sourire. Il portait un blue jean délavé et des bottes de cowboy. Son visage bronzé avait déjà une barbe d'homme mal rasé.

Et ces yeux bleus perçants. Je ne pus rencontrer son regard, mais je ne pus le détourner non plus. J'étais complètement sous le charme.

J'ouvris la bouche pour répondre, mais rien n'en sortit. Ce n'était pas juste son apparence de bel homme qui me rendait muette. Il semblait avoir une aura qui m'attirait comme un aimant. Mon cœur papillonna dans ma poitrine et je rougis à mort.

Je luttais l'étrange désir irrépressible de l'approcher de moi et d'enfoncer mon visage dans sa poitrine si bien définie. Mon bon sens m'en retint, mais à peine. Ce n'était vraiment pas le même Rocco avec qui j'avais grandi à Westwick Corners.

Wow.

Qu'est-ce qui se passait, bon sang ? C'était comme si j'étais ensorcelée.

Ou sous l'influence de la sorcellerie de la Tante Pearl.

S'il remarquait mon silence gêné, il n'en fit rien savoir.

— Allons boire un coup et rattraper le temps perdu, dit Rocco dont les yeux vérifièrent rapidement à gauche à droite la rue bondée.

— Euh, je ne peux pas, Rocco. J'allais m'acheter un téléphone portable, dis-je, mon cœur battant dans ma poitrine et un fin voile de sueur sur le front. Est-ce que tu sais où je peux en récupérer un ?

— Tu as besoin d'appeler quelqu'un ? Attends, prend le mien.

Il déverrouilla l'écran et me le passa.

Je manquai de lui rendre son téléphone avant d'y songer à deux fois. Cela pourrait me prendre des heures soit pour acheter ou pour conjurer un téléphone. Utiliser le sien tout de suite résoudrait mon problème. Plus tôt j'appellerais Tyler, mieux ce serait.

— D'accord, merci. Je reviens dans une minute.

Je m'éloignai de quelques mètres vers une aire de siège et composai le numéro de Tyler avec force. Rocco retourna vers l'entrée de l'hôtel et me fit signe de le suivre. Ce que je fis comme il se dirigeait vers un bar juste à l'extérieur du lobby. J'étais pratiquement obligée de le suivre, maintenant que j'avais son téléphone.

Tyler répondit à la première sonnerie.

— Je pensais bien que quelque chose avait dû arriver. Où es-tu ?

C'était si bon d'entendre sa voix, et il ne semblait pas du tout en colère. Plutôt inquiet, en fait. C'était super sympa en considérant que je lui avais posé un lapin.

— Uh, à Las Vegas.

Je jetai un œil à Rocco qui était à quelques mètres de là et hors de portée auditive. Il était au bar, à héler un serveur.

— Je crois que la Tante Pearl ne blaguait pas pour le voyage.

J'omis cette histoire d'entretien d'embauche raté et de ticket gagnant au loto de la Tante Pearl. Tout cela était bien trop compliqué à expliquer, et je n'avais pas beaucoup de temps pour parler puisque j'étais sur le téléphone de Rocco.

— Je suis vraiment désolée pour notre rendez-vous. Je ne t'en veux pas si tu es en colère après moi.

Tyler gloussa doucement.

— Ça arrive. Surtout avec ta tante. On aura qu'à reporter. Quand est-ce que tu rentres en ville ?

— Euh... Je ne sais pas encore. On est ici pour des funérailles, mais la Tante Pearl ne veut pas me dire pour combien de temps.

J'omis toute mention du *Projet Vegas Vendetta* de la Tante Pearl et la fusillade du lobby. Le premier était inexplicable, et le deuxième allait lui ficher la frousse à tous les coups.

— Oh ? Qui est-ce qui est mort ?

— Carla Racatelli, une ancienne amie de la Tante Pearl. Sa mort a été assez soudaine.

Ça sonnait mieux que de dire qu'elle avait été assassinée.

Tyler avala sa respiration, et puis la ligne devint silencieuse.

Le doute s'insinua dans mes pensées. Peut-être que Tyler était en colère après tout. Et s'il ne voulait pas d'un autre rendez-vous ?

— Tu es toujours là ?

Tyler se clarifia la gorge.

— Racatelli ? Comme Tommy et Carla Racatelli ?

— Mm-mmh. Tu les connais ?

— Non, par contre je connais leur dossier. Toi, tu dois les avoir côtoyés pour voyager jusqu'à Las Vegas pour leurs funérailles.

— Ils vivaient à Westwick Corners il y a dix ans. Je suis allée à l'école avec leur petit-fils. Il a été élevé par Carla et Tommy après la mort de ses parents dans un accident de voiture quand il était encore bambin.

Bien sûr, Tyler ne pouvait être au courant de ça, puisqu'il était venu à Westwick Corners à peine il y a quelques mois quand il acceptait ce travail de shérif.

Sauf qu'il était au courant. Il en savait plus sur eux que moi, et il passa les dix minutes suivantes à me le démontrer.

— Les parents de Rocco n'ont pas péri dans un accident de voiture, Cen. On leur a tiré dessus dans leur voiture. On les a assassinés, même exécutés.

Mon pouls s'accéléra.

— Tu en es sûr ?

— Un peu, oui. C'était un coup de la mafia. Je suis surpris que tu l'ignores, Cen. Westwick Corners est si petit. Je n'aurais pas cru que cela reste dissimulé pendant si longtemps.

— Apparemment si.

Les petites villes étaient notoires pour la difficulté à y garder des secrets, mis à part quand cela pouvait déchirer les gens. Ceux-là avaient tendance à rester cachés pour toujours. Le business de la pègre rentrait apparemment dans cette catégorie. Je me demandais ce que ma famille m'avait caché d'autre.

Mon visage s'empourpra quand je jetai un œil à Rocco, ignorant ma conversation sur sa famille. Heureusement, il ne croisa pas mon regard, sinon j'aurais été incapable de réfléchir correctement. Cette étrange prise qu'il avait sur moi semblait faiblir avec un peu de distance. Un autre signe que c'était de la sorcellerie.

— Cen ?

— Hein ?

— Fais attention s'il te plaît. Tu sais pour leur business familial, hein ?

J'acquiesçai, ce qui était idiot parce que Tyler était à des kilomètres et ne pouvait me voir.

— Les Racatelli avaient un business de contrebande durant la Prohibition, et Tommy trempait dans un scandale politique avec des pots-de-vin, ce genre d'histoire. Tout ça s'est fini à sa mort accidentelle il y a dix ans, récitai-je.

— Il y a bien plus que ça, Cen. Tu te souviens de la mort de Tommy Racatelli ?

— Accident de voiture. Il a raté un virage en épingle et a sauté d'une falaise, dis-je en fronçant les sourcils. Soit les Racatellis sont de très mauvais conducteurs ou ils n'ont vraiment pas de chance avec les voitures.

— L'accident de Tommy était un assassinat commandité par un boss criminel rival. Twinkletoes Racatelli était un homme puissant.

Je me souvenais vaguement de l'accident de voiture isolé qui avait coûté la vie au grand-père de Rocco. Cela avait paru étrange à l'époque parce que Monsieur Racatelli avait la cataracte et ne conduisait jamais après la tombée de la nuit.

— Racatelli gardait son business et sa vie privée très séparés. C'est pour ça qu'il vivait dans une ville dormante comme Westwick Corners. Ces fanfarons sont dangereux, Cen.

— Plus maintenant, vu qu'il est mort.

— Non, mais ses associés sont toujours en vie et en forme. Tu sais que Carla faisait partie du business familial aussi, hein ? Son fils Rocco aussi, ou en tout cas c'est très probable.

— Rocco ? répétai-je, et cela me fit bizarre de parler de lui en utilisant son téléphone. J'en doute.

— Fais juste très attention si tu es à ses côtés. Encore mieux, tiens-toi à l'écart. Si quelqu'un le fait disparaître, tu risques de faire partie des dommages collatéraux.

Je me souvins en un éclair de la fusillade du lobby. Tyler marquait un point. Maintenant que Carla n'était plus, Rocco était le seul Racatelli survivant. Je ne savais pas avec certitude s'il était un criminel, mais cela quémandait une vérification.

— Je ferai attention, mais il n'y a vraiment pas de quoi s'inquiéter.

L'inquiétude de Tyler me plaisait secrètement.

— Ce sont des gangsters, Cen. Carla faisait marcher une très grosse organisation. Si elle n'est plus, tu peux parier qu'il y a une lutte de pouvoir intestinale déjà en cours pour récupérer le business.

— Comment en sais-tu autant ?

— Je suis flic, tu te souviens ? Et j'ai aussi travaillé sous couverture. Les Racatellis étaient… et sont… un sacré morceau. Garde-toi loin si tu peux.

Malgré les avertissements de Tyler, je n'avais pas vraiment le choix en la matière. J'omis toute mention de Rocco et de la fusillade du lobby sans ignorer l'ironie que c'était d'avoir emprunté son téléphone.

— Ça ira. Nos familles ne sont pas si proches que ça. Tante Pearl était amie avec Carla, alors elle veut juste lui présenter ses hommages.

— Fais attention, c'est tout. Appelle-moi si tu as n'importe quel problème.

— D'accord.

Je promis d'appeler Tyler après les funérailles. Les engagements de la tante Pearl seraient remplis et nous pourrions rentrer.

Soudain tout fit sens. Une petite ville comme Westwick Corners était l'endroit parfait pour exploiter une entreprise criminelle. Personne ne pouvait venir et sortir sans que la ville tout entière ne le sache. C'était comme un système d'alarme précurseur, même si au final cela avait peu réussi aux Racatellis. Même le shérif pouvait être acheté, ou en tout cas, intimidé.

Encore une autre illusion d'enfance brisée.

Combien en savaient Maman et Pearl qu'elles refusaient de dire ? Si Tante Pearl connaissait les secrets de business de Carla, elle pouvait aussi être une cible. Le savoir est redoutable, en effet.

CHAPITRE 12

Je dis au revoir à Tyler juste au moment où Rocco me fit signe à sa table d'angle. Mon ancien camarade de classe s'était assis en mettant son dos contre le mur, lui donnant une vue claire de toute personne entrante ou sortant du bar. Il hocha la tête en direction de deux types costauds d'une vingtaine d'années en costume qui s'assirent à la table d'à côté.

Le type qui me faisait face avait une tête rasée qui luisait de sueur, malgré la climatisation rugissante du casino. Il semblait être le plus âgé des deux. Il fit signe de tête à Rocco comme je m'assis à mon tour.

Je ne les avais pas remarqués avant, mais ils étaient clairement les gardes du corps de Rocco.

Eux m'avaient de toute évidence remarquée, à en juger leur façon de me regarder de haut en bas.

Je leur jetai un regard noir et m'assis en face de Rocco.

— Je suis désolée pour ta grand-mère, Rocco.

J'étais un peu à court de détails de la Tante Pearl, ainsi je ne savais quoi dire d'autre.

— Qu'est-ce qui s'est passé, exactement ?

— Ils lui ont fait avoir un accident.

La voix de Rocco était plate, et il était étonnamment calme en considérant que sa grand-mère avait été assassinée.

— Un accident… Avec une voiture ?

Je me souvins en un éclair des commentaires de Tyler. Peut-être que c'était un autre accident qui n'en était pas tellement un au final. Je n'arrivais toujours pas à croire que quelqu'un ait pu tuer Carla, malgré les dires de la Tante Pearl.

Il secoua la tête.

— Je ne parlais pas littéralement.

— Euh… Alors comment est-elle morte exactement ?

Je sirotai ma bière et me préparai les nerfs à entendre des détails atroces. J'avais honte de poser une telle question à un moment comme celui-ci, mais je devais savoir si les dires de la Tante Pearl étaient vrais.

— Je l'ai trouvée dans la piscine, gisant sur le dos. Au début, je pensais juste qu'elle flottait les yeux fermés. Mais elle ne s'est jamais réveillée…

La voix de Rocco se brisa.

— La police a dit que c'était un accident… Qu'elle s'était noyée.

— Mais tu as dit que…

Il acquiesça.

— Que quelqu'un l'avait tuée. J'en suis sûr. J'ignore comment le prouver.

Je frémis. J'avais couvert quelques noyades accidentelles pour le Westwick Corners Weekly. Je n'arrivais pas à mettre le doigt dessus, mais quelque chose clochait.

— Combien de temps après l'as-tu trouvée ?

— On avait déjeuné ensemble moins d'une heure avant. Je ne suis revenu chez elle que parce que j'avais oublié mon porte-feuille.

— Tu étais la dernière personne à l'avoir vue en vie ?

Il acquiesça.

— J'ai eu mes doutes dès que je l'ai vue dans la piscine. Elle n'allait jamais à moins de trois mètres de là. Elle avait épouvantablement peur de l'eau.

Comme j'étais coincée ici en ville jusqu'à la fin des funérailles, autant mener une petite enquête.

— Le médecin légiste a déjà pu faire son autopsie ?

— Non. Je ne pense pas qu'ils en feront. On dit qu'ils considèrent ça comme un accident.

J'étais surprise qu'ils ne fassent pas au moins une enquête vite fait, considérant le nom des Racatelli. La noyade accidentelle d'un patron du crime devrait soulever plusieurs interrogations critiques.

— Peut-être que le médecin légiste fera quand même une autopsie. Malgré ce que dit la police.

Je ne pouvais penser qu'à une seule raison pour laquelle la police conclurait à un accident sans aucune sorte d'enquête.

Tentative de dissimulation.

Je me reconcentrai sur Rocco, essayant de trouver du sens à tout cela.

Rocco se tordit les mains.

— J'ai vraiment besoin de tes talents pour découvrir la vérité, Cen.

— Pourquoi moi ? Je ne sais absolument pas comment aider. Je ne vois pas comment…

On ne faisait pas vraiment étalage de nos talents surnaturels, mais ayant longtemps habité aux Westwick Corners, Rocco était au courant que la famille West avait des dons particuliers.

— Pearl m'a déjà donné sa parole. Elle a dit que tu étais un peu rouillée, mais qu'elle t'aiderait.

— Elle a dit ça ?!

J'étais furieuse des ingérences constantes de la Tante Pearl, même si j'avais de la peine pour Rocco. Étrangement, ma préoccupation de rentrer à la maison avait été remplacée par de la sympathie pour Rocco. Je voulais faire tout en mon pouvoir pour venger la mort de sa grand-mère. Mais tout de notre rencontre me semblait étrange. Rocco avait l'air surpris de me voir, et pourtant la Tante Pearl et lui avaient déjà parlé de moi. Peut-être que tout cela n'avait été qu'une mascarade.

Rocco acquiesça.

— Celui qui a fait ça doit payer. Tout le monde veut notre business parce que Grand-mère avait construit un empire vraiment lucratif. Bones Battilana ne fait pas exception à la règle. Il veut s'impliquer sans rien ficher.

Le plus large des deux fanfarons d'à côté jura et éclata son poing dans la table à la mention de l'époux de Carla, maintenant veuf.

— Ils n'auront rien à voir là-dedans, pas si j'ai mon mot à dire, grimaça Rocco. Mais d'abord, je dois les arrêter. C'est là que tu entres en jeu.

— Oh ? fis-je, en me disant que si les soupçons de Rocco étaient fondés, il devrait parler à la police, pas à une sorcière incompétente. Est-ce que tu as soulevé tes doutes à la police ?

— Je n'ai pas trop poussé. Ils n'auraient pas fait grand-chose de toute façon. Cela les arrange qu'on s'entre-tue. Cela leur fait moins de travail. Pour ce qu'ils en savent, ces guerres de gang ça fait juste partie du business. Grand-Mère a construit une opération de blanchissement d'argent à grand succès. Elle fait tourner… enfin, faisait tourner, je veux dire… tout dans ce casino. Les gars de Battilana m'ont menacé, à me dire que j'étais le prochain. À ma mort, tout serait à eux.

Même si j'avais de la peine pour Rocco, je n'étais pas prête à joindre mes forces à un syndicat du crime.

Je me couvris les oreilles.

— Pourquoi est-ce que tu me racontes tout ça ? Plus j'en sais, plus je suis en danger moi aussi !

Maintenant j'étais doublement en colère contre la Tante Pearl. Cette suite d'hôtel gratuite nous obligeait pratiquement à l'aider.

— Je suis désormais le seul survivant Racatelli, et l'entreprise familiale me retombe dessus. Cela veut dire que je suis le prochain sur sa liste, fit Rocco en grimaçant avant de réfléchir un moment. Cela dit ne t'inquiète pas. Comme tu n'es pas dans le milieu, on te laissera tranquille.

— Qu'est-ce qui te rend aussi sûr de ça ?

Mon pouls s'accéléra comme je me penchai sur la table. M'impliquer était une mauvaise idée. Mon cœur disait oui, même si ma raison disait non. Au final, mes émotions gagnèrent. Je voulais l'aider.

— C'est une règle tacite. Maintenant que tu sais, on n'a pas de temps à perdre. Je vais te parler de Grand-Mère.

Rocco signala au serveur d'apporter une autre tournée et se pencha en avant.

En tant que journaliste, une part de moi mourait d'envie de savoir les dessous de la scène. Le côté de moi qui était allergique au risque voulait rester dans le noir. Je basculai le liquide restant dans ma chope à bière.

— J'écoute.

CHAPITRE 13

— Tu sais que je ferai n'importe quoi pour toi. Dis-moi ce qu'il te faut.

Je me penchai en avant au-dessus de la table pour me plonger dans les sublimes yeux bleus de Rocco Racatelli. Peut-être que la Tante Pearl avait raison après tout. Nous avions tous deux des secrets de famille, alors cela semblait être un partenariat naturel, nous étions destinés à être ensemble.

— Je suis vraiment heureux que ta famille et toi soyez venus pour les funérailles, dit Rocco en me tapotant la main. Je suis toujours choqué de ce qui s'est passé, mais ce n'est pas passé loin ce matin. J'ai failli être rayé de la liste de Bones Battilana.

— Tu parles des types dans le lobby ce matin ?

Rocco acquiesça.

— Il prévoit de me tuer et d'en faire fuir les clients en même temps. Et ensuite il serait libre de muscler le business Racatelli sans que personne ne lui bloque le chemin. Le premier qui élimine l'autre gagnera.

— Peut-être qu'il y a une autre façon de faire. On pourrait lancer un sort pour l'immobiliser, par exemple.

Je ne savais pas grand-chose des plans de Tante Pearl, sinon qu'ils comprenaient presque certainement de la sorcellerie. Désormais sa mauvaise idée semblait plutôt bonne. Un sortilège éviterait la possibilité de violence.

— Même si ça marchait, combien de temps est-ce que cela durerait ?

Rocco jeta un œil sur le côté à ses gardes du corps baraqués, qui semblaient plus absorbés par le menu que par tout danger potentiel. Je me demandais si c'était les mêmes qui avaient été chargés de protéger Carla. Sinon, leur inattention faisait définitivement partie du problème.

— Je pense qu'on pourra trouver une solution permanente.

J'étais tout sauf certaine, mais quelque chose en moi voulait juste parvenir à trouver des mots pour réconforter Rocco.

La serveuse approcha de notre table avec des verres. C'était un fétu de paille qui semblait à peine sorti du lycée. La main qui tenait le plateau tremblait visiblement en posant les verres sur notre table.

Rocco sourit et attendit qu'elle parte. Une fois qu'elle fut hors de portée auditive il se pencha sur la table et parla à voix basse.

— Tu es sûre, Cen ? Ça pourrait être dangereux.

— Tant que tu couvres nos arrières pendant qu'on met tout en place, ça devrait aller. On prendra soin de Bones pour que tu puisses retourner à ton business.

Je lui pressai la main. L'élément danger semblait ne faire que renforcer mes sentiments pour lui. On savait ce qu'il valait, et nous pourrions bâtir une vie confortable ensemble. Qu'est-ce que ça pouvait faire qu'il avait un job non conventionnel ? Je n'étais pas vraiment conventionnelle non plus.

J'étais une sorcière, après tout.

Peut-être que j'aurais dû me contenter d'oublier Tyler. En tant que shérif de Westwick Corners, il suivait les règles et les lois. Ma famille les brisait. Il représentait l'ordre, et nous le chaos. Je ne ferai que lui causer des problèmes.

Rocco, d'un autre côté, était un exilé comme moi. Nous partagions un sol commun, et rien que ma famille ne pourrait faire ne porterait jamais atteinte à sa réputation.

Il tapota ma main et sourit.

Je souris de retour.

Quelque chose s'écrasa dans le bar et me fis sursauter jusqu'au plafond. Ce fracas fut suivi par le son de verre brisé. Je me tournai vers le son juste à temps pour voir la serveuse s'effondrer à côté du bar. Elle s'était cognée contre un autre serveur, qui était tombé sur le barman obèse derrière le bar. Il avait tapé les étagères de verre derrière lui, et tout s'était effondré comme des dominos.

— C'est quoi ce b…

Rocco avait bondi sur pied. Il semblait ne pas savoir si mieux valait aider et potentiellement attirer l'attention, ou se faire discret.

— Quelque chose vient de se passer, dis-je en posant la main à la volée sur ma poitrine.

— Sans blague.

— Non, je veux dire, à moi.

Ce son brutal m'avait réveillée en sursaut.

Je jetai un œil à Rocco, qui soudainement n'était plus aussi canon. On aurait juste dit une version adulte de mon ancien camarade de classe du lycée. Son torse musclé s'était transformé en celui d'un homme baraqué avec un léger ventre à bière.

Je déblatérai sans réfléchir :

— Je crois que la Tante Pearl nous a lancé un sortilège d'attraction.

— De quoi est-ce que tu parles ?

— Ce qu'on ressent l'un pour l'autre, ce n'est pas réel. Le sortilège a été brisé par ce gros bruit.

Le sortilège devait avoir un mécanisme de sûreté pour s'assurer que ceux sous son pouvoir soient libérés dans des situations potentiellement dangereuses. Ce gros bruit avait restauré nos sens, ou en tout cas les miens.

Rocco grimaça.

— Mais bien sûr que c'est réel, s'offusqua-t-il, avant qu'un air d'incertitude ne s'inscrive sur son visage. Tu es en train de me dire que tu simules des sentiments pour moi ?

— Non… Enfin, je veux dire, ce ne sont pas vraiment des « sentiments ». Je t'aime bien, Rocco. Mais pas comme ça.

Je réalisai choquée que j'avais accepté de réaliser un assassinat surnaturel sous influence du sort de la Tante Pearl. Tout ce que je voulais faire pour le moment était de la mettre face à ses responsabilités et lui faire entendre parler du pays.

Mais j'avais donné ma parole à Rocco.

Une parole que je ne pouvais garder.

Rocco semblait blessé. Il se détourna, confus.

— C'est moi, Rocco. Tu ne sens pas qu'il y a une différence entre ce que tu pensais de moi il y a une seconde et ce que tu peux en penser maintenant ?

Il fit non de la tête.

— Je désire toujours te pr…

Il grimaça.

— Attends, c'est bizarre. J'ai oublié ce que j'allais dire.

— Le sortilège s'est effacé. Désolée, mais je ne peux m'impliquer dans tes activités criminelles. On attrapera bien le tueur de Carla, mais pas avec de la sorcellerie.

J'étais déjà confuse sur ce que j'avais vraiment promis, mais peut-être Rocco aussi.

— Il faut que tu m'aides, Cen. Les bandits de Bones me suivent, en attendant la première occasion pour me faire la peau.

— Je suis sûre qu'on peut te mettre un sort de protection. J'en parlerai à la Tante Pearl, le rassurai-je, mais quelque chose me troublait encore. Tu hérites des propriétés de Carla, mais, et toi, que se passera-t-il si tu meurs ? Qui est le prochain ?

Rocco fit une pause.

— Son mari.

Ma mâchoire se décrocha.

— Bones Battilana.

— Tu es sûr ?

Rocco m'envoya un regard perplexe.

— Ce que je veux dire, c'est… Il n'est pas déjà le premier sur la liste ? Le mari passe d'abord avant un enfant ou un petit-enfant, peu importe la date du mariage. Si c'est le cas, il n'a aucune raison de te tuer. Il va déjà hériter de tout.

L'expression choquée de Rocco m'indiqua que j'avais raison. Quelque chose d'autre se passait, et je comptais bien trouver quoi.

J'étais aussi furieuse contre ma tante. À cause de son sort, j'avais essentiellement promis de neutraliser un gangster. C'était dangereux, illégal, et mortel.

Mais une promesse reste une promesse, et je tiens toujours les miennes.

Restait à trouver une autre façon de faire.

CHAPITRE 14

La fortune de Rocco avait changé dramatiquement depuis les dix dernières années que je ne l'avais plus vu. Sa personnalité peut-être aussi.

Je me reconcentrai sur l'histoire de Rocco. J'étais toujours impressionnée par le vaste empire des Racatellis, dont l'Hôtel Babylon n'était apparemment qu'une petite partie. Les biens de la famille devaient valoir des centaines de millions de dollars.

J'allais droit au cœur des choses.

— Comment les Racatelli gagnent-ils leur vie exactement ?

— Si je te le dis, je vais devoir te tuer, dit Rocco en souriant pour la première fois. Plus sérieusement, ne te soucie pas de ça.

— Je ne plaisante pas, Rocco. Je ne peux pas t'aider à moins que tu ne me dises tout.

En me penchant, je réalisai que je fonctionnai exactement comme la Tante Pearl le voulait. J'étais tombé dans son piège, comme une bleue.

Rocco prit une gorgée.

— Grand-Mère a évincé la compétition. Non sous la peur ou la violence, mais en payant des salaires plus haut et des bonus. Les employés étaient très loyaux envers elle. Ce n'est pas qu'elle s'est emparée des meilleures affaires du coin. Ce n'est pas le cas. Au lieu de ça, elle a pris des affaires pourries et les a transformées en jackpot avec beaucoup de travail. Bones n'aimait pas ça. Il ne voulait que le meilleur pour lui. Mais il n'y a pas que ça. Bones n'aimait pas être battu par Carla.

— Parce qu'elle est une femme ?

Rocco haussa les épaules.

— Je pense. Ça s'est empiré quand ils se sont mariés. Je ne sais pas. Grand-Mère m'a dit que c'était juste un mariage de convenance pour elle, mais je crois que Bones voyait les choses de façon différente.

Ma mâchoire se décrocha.

— Elle se servait de lui ?

— Pourquoi pas ? Il se servait d'elle aussi. Ils tiraient tous deux quelque chose de leur « arrangement », fit-il en mimant les guillemets avec ses doigts. Grand-Mère ne voulait que quelque chose de léger.

Cela ne m'était jamais venu à l'esprit que des seniors aux cheveux gris comme Carla ou la Tante Pearl puissent avoir des liaisons ou épouser des gens qu'ils n'aimaient pas.

— Tu dis ça comme ça, mais c'est tellement sordide !

— On dirait une vieille de soixante-six ans. Tu as vraiment besoin d'un peu de Las Vegas pour te détendre.

Je jetai un regard noir à Rocco, furieuse qu'il se permette de faire de tels jugements sur moi.

— Je vais très bien comme je suis, merci.

— Grand-Mère était juste un peu un esprit libre. Elle ne voulait vraiment que coucher de temps en temps. C'est Bones qui a insisté pour le mariage.

J'eus un cri de surprise. Des plans culs, donc ? Ce n'était certainement pas la femme dont je me souvenais, mais enfin encore, je ne l'avais plus vue depuis que j'étais adolescente.

— Mais elle a fini par l'épouser. Pourquoi ce changement soudain ?

Les époux ou les moitiés étaient usuellement les suspects numéro un dans toutes les affaires de meurtre, mais les couples dont on parle ainsi étaient souvent bien plus jeunes.

— Grand-Mère pensait que cela permettrait d'endiguer l'escalade de la violence. Lui donner ce qu'il voulait. Ou en tout cas, le lui faire croire. Elle lui a fait signer un contrat de mariage. Elle craignait que Bones ne l'épouse que pour lui arracher le contrôle de nos biens.

— Comme cet hôtel ?

Beaucoup de gens voulaient probablement approcher le racket Racatelli. J'étais surprise que Bones ait continué le mariage même avec un contrat. D'un autre côté, je ne connaissais pas tous les détails légaux. Peut-être que Bones avait toujours obtenu quelque chose, même avec le contrat de mariage. Rocco paraissait profiter de la mort de Carla plus que quiconque. S'il pouvait mettre la main dessus, bien sûr.

Il acquiesça, ses yeux humides de larmes.

— Oui, entre autres. Grand-Mère a fini par avoir peur et a essayé d'annuler, mais Bones l'a menacée. Alors elle a continué. Mais elle m'a tout laissé.

— Ça ne ressemble pas vraiment à de l'amour vrai, si tu veux mon avis.

J'avais soudainement vraiment beaucoup de peine pour Rocco. Criminel ou non, on venait de lui voler sa famille entière devant ses yeux. Contrat de mariage ou non, Bones cherchait de toute évidence autre chose que l'affection de Carla.

— Où est Bones ? Tu l'as vu ?

— Je l'évite dès que possible, dit Rocco. Il sera aux funérailles bien sûr — à jouer les époux endeuillés.

— C'est inconvenant.

Rocco acquiesça lentement.

— Celui qui a fait ça doit payer. Mais ça devra attendre pour après les funérailles.

Un serveur apporta des martinis à Rocco, à moi, et aux deux gros durs d'à côté, même si nous n'avions rien commandé. La dernière chose dont j'avais envie ou besoin c'était bien de plus d'alcool.

Rocco tendit la main par-dessus la table et toucha ma main.

— Pour les funérailles... Je t'y revois demain ?

J'acquiesçai, sans savoir que dire d'autre. Malgré les rumeurs de crime organisé qui entouraient la famille depuis toujours, je ne me serai jamais doutée que Carla était impliqué. Désormais j'étais piquée à vif. J'avais vraiment envie de bondir de mon siège et de sprinter dans les étages supérieurs pour découvrir tout ce que je pouvais sur la famille Racatelli, leurs vies secrètes, et morts prématurées.

Ces funérailles avaient gagné un nouveau sens pour moi, et je voulais faire ce que je pouvais pour aider Rocco. Peu importe son job désormais, il était toujours le même garçon avec qui j'avais grandi. Même les criminels aimaient leur grand-mère, et personne ne méritait d'être assassiné par un tueur de sang-froid. En plus, je n'avais jamais été aux funérailles d'une gangster.

Je me souvins en un éclair de l'avertissement de Tyler. Tant que je ferais attention tout irait bien. Je souris à Rocco en sirotant mon verre.

— J'y serai.

CHAPITRE 15

— En amour comme à la guerre, tous les coups sont permis, dit la Tante Pearl. Mais on peut probablement booster un peu les chances de Rocco.

J'étais rentrée à la suite pour trouver Maman assommée, Christophe cuisinant quelque chose dans la cuisine, et la Tante Pearl regardant intensément la télé. Une sorte de tournoi de championnat de poker.

Je croisai les bras et me mit devant la télévision, lui bloquant la vue.

— Tu perds ton temps avec tes sorts de frappadingue. Ce que tu as fait à Rocco et moi s'est défait maintenant.

— De quoi parles-tu ? Je n'ai rien fait, fit la Tante Pearl en me faisant signe de partir. Maintenant décale-toi pour que je ne rate pas l'action. Je pense que quelqu'un va tout mettre et déchirer.

Je me tournai et observai l'écran. Trois hommes et une femme regardaient fixement avec détermination leurs cartes. C'était encore plus ennuyeux qu'un replay à vitesse lente d'un tournoi de golf. J'attrapai la télécommande et éteignis la télé.

— Hé ! Mais je regardais ! s'exclama la Tante Pearl en essayant de me prendre la télécommande, mais je la maintins hors de portée.

— C'est une chose de me kidnapper, mais m'ensorceler et me mettre la vie en danger ? C'est inacceptable, Tante Pearl ! Heureusement que le sort s'est rompu !

Quitte à être dans une guerre de gangs, autant garder l'esprit lucide !

— Tu as utilisé ton sort de dissipation ? Bien joué ! s'écria-t-elle en s'illuminant aussitôt. Tu vois, tout ce qu'il te fallait c'était t'appliquer.

— Je n'ai rien fait. Le sort s'est dissipé tout seul parce qu'il n'était pas assez puissant. Dans tous les cas, je ne tolérerai pas tes histoires d'entremetteuses et de fourrage de nez intempestif !

Je posai la télécommande sur la table basse.

La Tante Pearl fit la moue.

— Je ne faisais qu'essayer d'aider, Cen. Tu es tellement grognon depuis que tu as annulé ton mariage que je pensais épicer un peu ta vie amoureuse. Pas besoin d'être aussi peu reconnaissante.

C'était bien de la Tante Pearl de me rappeler de mon presque-mariage à Brayden Banks, qui m'avait vendue pour se remplir les poches. L'argent semblait être la source de tous les maux de ce monde. La richesse de Carla avait aussi été sa chute.

— Je ne suis pas « peu reconnaissante », et ma vie amoureuse est déjà assez épicée comme ç...

J'en avais trop dit.

La Tante Pearl leva les yeux au ciel en prenant la télécommande et en rallumant la télé.

— Tu m'en diras tant.

— Tu n'aurais jamais dû placer ce sort sur Rocco et moi. Maintenant je lui ai fait une promesse que je ne peux tenir.

Je lui racontai l'idée saugrenue de Rocco qui croyait être l'héritier de Carla.

— Il sait pour le mariage, bien sûr, mais il a dit que Bones avait signé un contrat.

La Tante Pearl rit.

— Bones ne signerait jamais rien comme ça. Mais ce n'est pas un gros problème. On va trouver quelque chose.

— Mais comment ? Rocco est sur le point de perdre son travail. Et Bones vient de gagner un tout nouvel empire professionnel.

Je me souvins de la version de Rocco des aventures amoureuses de Carla... Si on peut appeler ça... Et le mariage forcé.

— Rocco m'a dit que la police traite la mort de Carla comme un accident.

— C'est impossible, dit la Tante Pearl.

— Et Bones ? Tu crois qu'il l'a tuée ?

— Bones ? répéta la Tante Pearl dont le visage s'assombrit. T'occupes. On en reparle plus tard.

Quelque chose dans la voix de ma tante me fit savoir que mieux valait ne pas insister, mais je le fis quand même.

— Carla devait avoir des tonnes d'ennemis, en considérant ce dans quoi elle travaillait. Même Rocco avait un motif suffisant.

— Pas Rocco, fit la Tante Pearl en secouant la tête. Rocco aimait sa grand-mère. Mais tu as raison, bien d'autres personnes la voulaient morte, en revanche. J'aurais juste aimé arriver plus tôt. Quand les choses ont commencé à s'escalader, elle m'a supplié de l'aider. Mais je suis arrivée trop tard.

Une larme solitaire descendit le long de sa joue.

Je me laissai tomber à côté de ma tante sur le sofa et lui pressai les épaules. La Tante Pearl m'avait toujours paru être un pilier de force, malgré sa petite stature. Maintenant elle semblait juste petite et vulnérable.

— S'il te plaît, dis-moi que tu n'es pas une gangster.

J'avais l'impression de ne même plus connaître ma tante, et je ne pourrais supporter d'autre secret. Surtout si ça qui concernait les gangsters ravis de la gâchette. Nous étions bien trop impliquées dans les affaires d'autres gens. De gens sans vergogne, qui ne se gêneraient pas pour se débarrasser de nous si on les gênait.

Elle se retira.

— Bien sûr que non. Mais je suis une amie de Carla. Avec ou sans toi, je ferai tout pour protéger Rocco. Et venger la mort de Carla. Maintenant, est-ce que tu en es ou non ?

— Bien sûr que j'en suis.

Je soupirai. La Tante Pearl me faisait chanter comme un violon, et je n'aurais d'autre choix que de jouer.

CHAPITRE 16

On n'aurait pas pu choisir de journée plus chaude pour tenir des funérailles. On était debout sur une allée d'asphalte à quelques pieds du mausolée massif des Racatelli à côté de qui toutes les autres pierres tombales semblaient ridicules. Attendaient avec nous grosso modo une dizaine d'invités murés dans le silence, le temps que les funérailles se mettent en place.

Je me tournai vers la Tante Pearl.

— Est-ce que Bones sera aux funérailles ? Je ne le vois pas.

Elle haussa les épaules.

— Qui sait ?

Il avait très certainement un motif pour tuer Carla, même avec le contrat de mariage. La disparition de Carla lui faisait un adversaire de moins. Mais même avec ça, je ne m'imaginais pas que le propre mari de Carla raterait les funérailles, et pourtant Bones n'était visible nulle part.

Peut-être qu'il était déjà en cavale, malgré l'annonce de la police qui disait que la mort de Carla n'était qu'un accident. Ou peut-être qu'il trempait déjà ses pieds dans les eaux de l'empire Racatelli alors que l'attention de Rocco se concentrait sur les funérailles.

— Tu me diras quand tu le vois, dis-je.

La Tante Pearl était à côté de moi, mais mentalement parlant, elle aurait aussi bien pu être à l'autre bout de la terre. Peut-être que c'était à cause du soleil brûlant, ou peut-être qu'elle était préoccupée par le souvenir de Carla, mais elle semblait définitivement absente. Je lui tapotai le bras.

— Hein ?

— Quand tu verras Bones, montre-le-moi, d'accord ?

La procession funéraire était en retard, et je grillais sous cette chaleur à au moins quarante degrés. La robe de laine noire que la Tante Pearl m'avait conjurée était lourde et irrespirable. Mes jambes étaient emprisonnées dans des collants épais noirs et des chaussures trop petites, qui étaient elles aussi des cadeaux de la Tante Pearl. Comme d'habitude, ses choix de garde-robe étaient faits pour simultanément me punir et me motiver à améliorer mes propres talents de sorcières. Typique de la Tante Pearl, le moyen était le message. Son choix de robe en laine en plein milieu du désert avait clairement été fait pour me faire bien sentir la chaleur.

— Baisse la voix, Cendrine, me fit-elle en plissant les yeux. Évite de prononcer son nom, ou tu vas trop attirer l'attention.

La gravité de la situation me frappa soudain. J'étais vraiment aux funérailles d'une gangster. Mais peut-être que l'excitation que je ressentais à vivre un épisode des Soprano en direct était mal placée. On pourrait facilement se retrouver coincé entre des tirs croisés d'une guerre de gang.

— Peut-être qu'on n'aurait pas dû venir à ces funérailles après tout, dis-je. Et s'il arrivait quelque chose ?

Plus j'y réfléchissais, moins cela avait de sens pour nous de participer à ces funérailles, entourées de criminels connus.

— Et si les gangsters qu'on a vus dans le lobby revenaient nous présenter leurs hommages ?

Tante Pearl haussa les épaules.

— C'est encore plus de raisons pour qu'on y participe. Rocco a besoin de plus que de garde du corps. Il aura besoin d'un bouclier magique s'il veut survivre.

Elle me pressa ensuite doucement le bras pour me rassurer.

— Mais tout va bien, Cen. Relaxe-toi. On est obligée d'être là. Carla faisait pratiquement partie de la famille.

Je me tournai vers Maman, qui semblait fraîche et élégante dans une robe de lin noir sans manche qui se finissait juste sous ses genoux. Elle était simple, élégante, et bien mieux adaptée au climat de Las Vegas que moi avec mon attirail de laine.

— Je connaissais à peine Carla Racatelli au temps où elle vivait à Westwick Corners. Je n'ai pas dû lui manquer après son déménagement il y a dix ans. Elle ne remarquera certainement pas que je ne suis pas aux funérailles.

— Peut-être pas, mais cela comptera beaucoup pour Rocco, qui saura qu'il a ton soutien, murmura-t-elle en me tapotant doucement la main.

Rocco. Je lui avais promis d'aller aux funérailles, mais il avait tant de choses en tête qu'il m'avait probablement déjà oubliée. Si le sortilège de la Tante Pearl ne faisait plus effet sur moi, c'était sûrement le cas pour lui aussi. Mais étrangement, cela me décevait.

— Pourquoi est-ce que Rocco aurait besoin de mon soutien ? Cela fait des années que je ne le vois plus et que je ne lui parle plus non plus.

Mon pouls s'accéléra au souvenir de sa main sur la mienne. J'étais étrangement attirée par lui sur un plan physique, même si mon cerveau m'avertissait qu'il n'était pas fait du tout pour moi. Peut-être que le sortilège n'avait pas encore complètement disparu après tout.

Je voulais Tyler, pas Rocco, mais ça devrait attendre que je quitte Las Vegas. Je me souvins en un éclair de Tyler quand il nous avait arrêtés sur l'autoroute. Son sourire brillant, si beau dans son uniforme.

Puis j'eus soudainement l'illumination, Tante Pearl devait avoir une idée de mon attirance secrète pour Tyler. Peut-être qu'elle ne m'avait pas seulement kidnappée pour aider Rocco, mais pour m'éloigner de Tyler. En tant que shérif, il était la lie de son existence. Elle passait son temps à tester les limites de la loi et à se mettre dans le pétrin. Cela l'horrifierait de savoir que je sortais avec lui. Mais on faisait notre possible pour garder notre secret de quiconque, y compris la Tante Pearl, alors peut-être qu'elle n'en savait rien.

À moins qu'elle ne sache tout. Je tremblai.

— Oh, Cen ?

— Oui ?

— Est-ce que je t'ai dit que tu faisais partie des porteurs ? Va prendre ta place derrière Rocco, m'indiqua la Tante Pearl.

Elle me pointa Rocco du doigt, qui se tenait aux côtés de quatre vieillards. Je me demandais s'ils étaient des proches des Racatelli, qui avaient été recrutés de force. Si c'était le cas, ils semblaient tous bien plus vieux que Carla.

— Quoi ? Tu rigoles !

Soudain tout le monde se tut et tous les yeux se tournèrent vers moi. Même le trafic de la rue à proximité sembla s'être figé.

— Cendrine West, tu bouges tes fesses et tu te mets en rang, siffla la Tante Pearl en me poussant vers eux.

Pour la première fois, je remarquai le cercueil sur un autel derrière eux.

Et tout le monde me remarqua. Je rampai furtivement vers les hommes, et comme on ne me laissait pas le choix, me mis à mon tour à ma place.

Je sursautai en entendant siffler tout bas.

— Pss ! m'appela la Tante Pearl, pour lever le pouce vers le haut discrètement à mon attention.

Cela attira l'attention de deux hommes basanés, bâtis comme des secondeurs de la NFL. Je les reconnus immédiatement comme étant les hommes de sécurité de Rocco et me demandai pourquoi je portais le cercueil au lieu d'un ou des deux d'entre eux.

Mais c'est bien sûr !

Ils avaient besoin de leurs mains libres, au cas où ils devraient dégainer pour protéger Rocco.

Je frémis. Si quelqu'un voulait tirer sur Rocco, je me retrouverais dans leur ligne de mire. Je serais à peine quelques mètres derrière lui en tant que porteuse moi aussi.

C'était trop à me demander, et je n'étais pas prête à mettre ma vie en danger de mort en portant le cercueil d'un patron du crime. J'avançai vers la Tante Pearl. Elle me tournait le dos, en train de parler à Maman, et ne me vit ainsi pas jusqu'à ce que je lui tape sur le coude.

— Cendrine West, retourne à ta place ! me siffla la Tante Pearl, dont les yeux s'ouvrirent tout grand. Dépêche-toi !

Je fis non de la tête.

— Non, Tante Pearl. Je n'ai rien à faire ici, et je veux rentrer à la maison.

Sans voiture et sans argent pour un ticket d'avion, mes options étaient limitées. Je jetai un œil désespéré à Maman. Elle ne pouvait vraiment rien faire ?

Elle fit non de la tête très légèrement, espérant que sa sœur ne remarque rien.

— Non, il faut que tu restes, Cen, décréta la Tante Pearl en pinçant les lèvres. Il faut que tu assistes à la procession comme porteuse. Et j'ai aussi désespérément besoin de ton aide.

— Pourquoi moi ?

Je me sentais coupable de faire des vagues dans une occasion si solennelle, mais je ne pouvais faire autrement. Ce que la Tante Pearl préparait était à coup sûr soit dangereux, soit embarrassant, voire les deux.

— Tu fais distraction, dit-elle en coinçant une mèche égarée derrière mon oreille. Tu sais, la jolie nana qui attire tous les hommes, quoi. Pour retenir l'attention de ces jeunes tarés de la gâchette pendant que Ruby et moi préparons notre magie.

— Je ne vois pas pourquoi…

— Ne discute pas. Souviens-toi, je me suis tordu la cheville, alors tu prends ma place pour porter, dis la Tante Pearl en tirant la lèvre inférieure en une moue exagérée tandis qu'un déambulateur apparaissait comme par magie en face d'elle. C'est ce qu'on a dit. Je me rattraperai, je te promets.

Je grimaçai.

— Je ne me souviens pas que tu te sois fait mal. Tu avais l'air bien en forme *tout à l'heure.*

— Je jouais la comédie, Cen. Regarde-moi, je peux à peine marcher ! dit-elle en faisant trembler sa lèvre. Si tu ne prends pas ma place, tu vas ruiner les funérailles de Carla.

— Je doute qu'elle le remarque.

— Écoute, aide-moi juste à sortir de ce pétrin, dit la Tante Pearl. Tu as quelques mètres à faire, et ensuite ce sera fini.

Discuter avec la Tante Pearl était futile. Elle avait toujours le dernier mot, et j'étais trop fatiguée pour me battre.

Les autres porteurs me regardaient, agacés. Apparemment, je retardais le spectacle.

Je ne sais pas le plus horrifiant. De porter un cadavre aux funérailles d'une gangster, ou mon attirance apparemment incontrôlable envers

Rocco ? Ce que je savais par contre c'est que la Tante Pearl ferait des vagues si je ne suivais pas ses désirs.

Et la dernière chose dont j'avais envie c'était bien d'avoir des liens plus proches avec quelqu'un qui opérait aux frontières de la société. Parce que si je savais quelque chose des Racatelli, c'était qu'ils étaient liés à certaines personnes très puissantes dans le milieu du crime. Des gens pour qui je souhaitais que ma simple existence reste inconnue. Encore plus perturbant était le lien soudain apparent de la Tante Pearl à la famille Racatelli. Elle n'avait plus parlé de Carla une seule fois depuis leur départ soudain de Westwick Corners une décennie auparavant, et ce n'était pas une adepte des communications à longues distances. Il y avait autre chose, je l'aurais parié.

CHAPITRE 17

Les funérailles se mirent enfin en route une heure en retard, sans explication pour ce délai. Tandis que Rocco et son entourage eux s'étaient installés pour attendre dans sa limousine avec la clim, la Tante Pearl, Maman et moi avions poireauté sur l'asphalte brûlant avec le reste des gens en deuil, à attendre le début de la cérémonie. Le soleil de l'après-midi cognait sans merci, et j'étais déjà brûlée. J'essuyai la sueur de mon front et basculai le poids de mon corps d'une chaussure (inconfortable) à l'autre.

Rocco sortit de sa limousine, flanqué de quatre gardes du corps forts comme des bœufs. Deux que je reconnaissais pour les avoir vus plus tôt, et deux que je n'avais encore jamais rencontré. On attendit que Rocco et son entourage viennent lentement en traversant la route d'asphalte où nous étions.

C'était une journée qui était plus faite pour les débardeurs et shorts que pour les tenues de laine à poids d'hiver, et je me sentais défaillir sous cette chaleur. Je ne pouvais attendre la fin du service.

Le croque-mort glissa le cercueil hors du corbillard et dirigea les porteurs vers nous. Au lieu de rester derrière Rocco comme il était prévu, on me coinça entre deux hommes d'allures frêles qui devaient avoir soixante-dix ans. Les deux étaient bossus et semblaient encore plus sur le point de s'évanouir d'un coup de chaleur que moi.

Je n'avais jamais été porteuse auparavant et j'étais extrêmement nerveuse. C'est pas le genre d'activité pour lequel vous pouvez faire un coup d'essai. Heureusement j'avais une place au milieu, donc je pourrais me contenter de m'inspirer des autres. Ils étaient tous beaucoup plus vieux que moi de plusieurs décennies, ainsi je supposai qu'ils avaient déjà probablement fait ça auparavant.

Je pris place et empoignai la poignée de métal. J'avais la nacelle à ma droite. Je ne faisais aucunement confiance aux autres porteurs, qui ne semblaient même pas assez forts pour pouvoir trimballer un sac de courses plus loin que quelques rues. Je priais juste pour qu'on soit collectivement assez forts. La distance qui nous séparait de la tombe n'était que d'à peu près quarante-cinq mètres, mais c'était bien assez pour que les choses tournent mal.

Je trouvais étrange d'être la seule porteuse jeune, en particulier puisque j'avais pris la place de la Tante Pearl. Elle devait faire grosso modo un mètre cinquante et n'aurait jamais pu s'en sortir sans avoir recours à la sorcellerie. C'était de toute façon un choix étrange dès le départ. C'était bizarre de nous choisir, nous tous, surtout en considérant les hommes jeunes et d'apparence athlétique qui nous entouraient. On devait être probablement cent personnes, et on devait sûrement y trouver quelqu'un dedans plus proche de Carla ou de Rocco que moi. Je comprenais pourquoi on exemptait les gardes du corps, mais, pourquoi pas les autres ? Pourquoi pas les autres invités, plus valides physiquement que nous ? Pourquoi ne pas les avoir choisis comme porteurs ?

J'essuyai la sueur de mon front de ma main libre en réalisant que Tante Pearl avait prévu cela depuis le début. Comme d'habitude, elle avait un plan. J'aurais juste aimé savoir quoi.

La fatigue me gagnait de plus en plus à chaque pas. Je luttais pour maintenir le cercueil au même niveau que les autres porteurs qui, même s'ils étaient frêles, restaient plus grands que moi. Et pour cela je devais tenir mes bras inconfortablement haut.

Le cercueil de Carla était épouvantablement lourd, et j'avais l'impression d'être sur le point de m'évanouir. À en juger notre allure lente, les autres aussi avaient du mal à balancer le poids de notre charge.

L'avancée à allure de tortue se continua sur l'asphalte inégal. Je comptais chaque pas à chaque fois que nous penchions puis nous redressions, encore et encore. On avança d'un pas lourd vers le site d'enterrement, qui était toujours à une trentaine de mètres de cela. Ma chaleur corporelle et ma sueur s'accroissaient au fur et à mesure tandis que la dure poignée de métal me creusait la main. On était à la moitié du chemin, mais la souffrance de ma main était devenue insupportable.

À ce rythme, je risquais de m'évanouir avant qu'on atteigne l'emplacement de la tombe. Je jetai un œil à mes frêles et âgés compagnons en me posant des questions sur notre capacité à tirer tout ça.

Un, deux, trois…

Je comptai silencieusement mes pas, songeant qu'il m'en restait une centaine au maximum avant de pouvoir poser cette lourde boîte de bois.

Quatorze, quinze…

L'homme en face de moi trébucha dans une fissure sur l'asphalte et se mit à pencher vers l'arrière, sur les côtés. Il tomba à genoux, en s'agrippant toujours à la nacelle d'une main.

Mes genoux se tendirent sous le poids, et ce fut tout ce que je parvins à faire pour ne pas trébucher sur lui. Je regrettai instantanément mes sessions de gym ratées de soulevé de fonte. Ma jambe droite se déroba sous moi comme je me jetai en avant. Cela me désynchronisa de mes compagnons et de leur rythme traînant. Je chancelai un instant puis regagnai mon équilibre. On observa tous une pause en voyant le poids du cercueil dériver de façon précaire.

Quelqu'un aida l'homme tombé à se remettre sur pieds. À ma surprise, il reprit sa place en face de moi. Je m'attendais à ce que quelqu'un prenne sa place, mais personne ne le fit.

— Wow, c'est lourd, râlai-je sous cape. Carla avait dû beaucoup grossir.

Si les autres porteurs m'entendirent, ils ne le firent pas savoir.

— Prêts ? À la une, à la deux, à la trois, lança l'homme à l'avant du cercueil juste assez fort pour que je l'entende. On y retourne et plus doucement.

Je grognais sous cape. Selon moi, autant accélérer avant de perdre notre élan. Cependant je n'osai rien dire.

On obéit et descendit l'asphalte vers le croque-mort comme une unité gériatrique au ralenti. Le croque-mort nous dirigea vers la droite, pour nous faire quitter l'asphalte et avancer dans l'herbe. Notre procession avança en se traînant sur un sol inégal en bas d'une rangée de pierres tombales. Cela devenait de plus en plus dur de rester en formation, maintenir l'équilibre tout en maintenant en ce qui me concernait la nacelle au même niveau.

Je me concentrai sur mes pas, à mettre un pied devant l'autre correctement.

On réussit à avancer encore de quelques pieds sur l'herbe quand mon équilibre fut déstabilisé. La poignée creusa encore plus ma main, coupant toute circulation. Elle devint engourdie et je ne pus plus sentir le métal. Je me forçai à avancer. Encore quelques pas, puis ce serait terminé.

Ça faisait longtemps que je n'avais plus vu Carla Racatelli, et malgré une dizaine d'années potentielles à se taper des portions géantes façon Las Vegas tous les jours, je ne pouvais croire qu'elle puisse peser autant dans la nacelle.

Ce qui semblait bizarre, parce que la Carla dont je me souvenais était un poids plume, comme la Tante Pearl qui pesait à peine à peine quarante-cinq kilos. Tout gain de poids aurait été dispersé entre nous six, alors ça n'aurait pas dû demander une force surhumaine. Encore une fois, mes genoux se dérobèrent sous le poids.

Ma main m'élança de douleur comme je me concentrai sur le sol, à compter les quelques derniers pas et les secondes restantes avant notre arrivée à la dernière demeure de Carla où je pourrais enfin soulager ma main endolorie.

Un petit groupe d'hommes et de femmes habillés de noir se réunirent autour de la tombe ouverte, avec le reste de la procession nous suivant. On gagna en élan en s'approchant.

Plus que trois mètres et je pourrais soulager ma main.

Les instants qui suivirent furent comme une brume comme le fond de la nacelle craqua et que quelque chose tomba au travers. Je me gelai sur place en sentant le poids changer.

Une femme hurla et pointa vers nous du doigt.

Je jetai un œil à la nacelle et ma mâchoire se décrocha d'horreur.

Des jambes dépassaient du travers du plancher de la nacelle tout juste à côté.

Je criai.

Des jambes poilues. Des mollets définitivement masculins dépassant d'un pantalon retroussé. Les jambes étaient attachées à un corps indéniablement masculin, avec un ventre à bière à peine restreinte dans un costume noir à rayures.

Ce n'était pas Carla.

Le cadavre tomba au sol dans un bruit sourd comme un mannequin de crash test affligé d'une rigidité cadavérique bien avancée. Le cercueil se pencha vers le ciel à cause de cette soudaine perte de poids. J'essayais de me redresser. Cette fois cela ne suffit pas, c'était trop tard. Le cercueil nous vola des mains en tombant avant en premier dans l'herbe en s'inclinant sur le côté. Il s'écrasa dans un fracas sur le corps.

Maman hurla et pointa vers la nacelle :

— Ce n'est pas Carla !

Évidemment que non, à moins que Carla Racatelli ne se soit transformée en homme obèse.

La Tante Pearl s'évanouit et tomba en arrière dans la foule de gens rassemblés autour du cercueil. Deux hommes baraqués approchant la trentaine en costumes noirs l'attrapèrent et l'aidèrent à rejoindre l'arrière du corbillard, où elle se reposa contre le hayon.

Un gond grinça et le couvercle de la nacelle s'ouvrit en un éclair. La petite Carla Racatelli souriait sereinement à la foule, ses bras croisés proprement sur son corps rigide. Elle avait réussi à rester dans la nacelle, et je lui en étais reconnaissante.

Quelques adolescents prirent des photos avec leurs téléphones portables. Je frémissais déjà à l'idée de ce qu'ils allaient poster sur Facebook, Instagram, enfin allez savoir les réseaux sociaux. Ça avait attendu sa mort, mais Carla et son invité indésirable allaient faire la tour du monde.

— Eh, posez-moi ce téléphone et aidez-nous à remettre la nacelle droite ! rugis-je en direction des garçons avant de leur faire signe de prendre la nacelle et de la porter dans la tombe.

Ils étaient tellement choqués par mon éclat de rage qu'ils rangèrent à contrecœur leurs téléphones dans leurs poches et obéirent.

— Elle l'a pas volé, grommela un homme penché tout habillé de noir. Elle l'a bien mérité.

Une dispute éclata entre deux hommes derrière lui, tandis que d'autres se mirent à spéculer sur la prochaine personne à tomber. Ces sombres funérailles s'étaient transformées en un match de gueulantes à l'italienne, et je me demandais quand ils commenceraient à se jeter des trucs à la figure.

Ou pire, me dis-je en voyant les gardes du corps de Rocco glisser leur main dans leurs vestes de costume.

— Mais qu'est-ce qui se passe, bordel ?! hurla Rocco Racatelli en faisant un pas en face du croque-mort. Qu'est-ce que vous avez fait à ma grand-mère ?

— Je... Je ne comprends pas ! J'ai mis Madame Racatelli dans le cercueil moi-même !

Le croque-mort était rouge de honte et eut des sueurs froides en s'accroupissant dans l'herbe. Il prit une profonde respiration et referma le couvercle de la nacelle.

— Bon, tout va bien. Elle y est toujours.

— Ma grand-mère a payé à l'avance pour des funérailles et pour tout ce qui va avec, dit Rocco. Et certainement pas pour un cercueil fait à l'arrache pour deux qui sort d'un deal. Vous allez le regretter.

Les deux hommes qui avaient aidé la Tante Pearl se rapprochèrent soudainement du croque-mort. Il tremblait, visiblement effrayé.

— Pas maintenant, les gars, leur fit Rocco en leur faisant signe de filer.

La Tante Pearl se matérialisa à mes côtés soudainement.

— Carla aurait été effarée. Elle ne volait jamais en classe éco. Jamais elle n'aurait souscrit pour un truc aussi cheap qu'un cercueil à deux places.

Le croque-mort pâlit.

— Quelqu'un a trafiqué le cercueil. Il y a un double fond maintenant.

— Comme un cercueil à étage ?

Cela expliquait le poids. Ensemble, Carla et cet homme mystère devaient bien dépasser les cent trente-six kilos.

Une façon très ingénieuse de se débarrasser d'un corps, qui n'avait fonctionné que grâce à la petite stature de Carla.

Enfin, ça avait presque fonctionné.

Le corps de Carla était en haut, et sans ce fiasco, personne n'aurait su que deux corps partageaient la nacelle. On cherchait rarement les personnes disparues dans un cimetière.

Mais qui était au fait ce corps non identifié ? Quelqu'un devait le chercher.

— Quelqu'un sait qui est ce type ?

Tout le monde me regarda comme si j'étais idiote.

— Tu ne le sais pas ? demanda Rocco, hésitant un peu avant de répondre. C'est Danny « Bones » Battilana.

— Bones ?! dis-je, ébahie.

Pour quelqu'un dont le surnom signifiait « Os », il avait un sacré ventre à bière ! J'avais vraiment du mal à croire que c'était lui qui avait brisé le cœur de Maman. Je lui jetai un regard de côté, pour la voir renifler dans un Kneelex.

— Oh, je croyais que tu le connaissais ?

Je fis non de la tête, un peu agacée d'être apparemment la seule à ne pas être au courant de la liaison secrète de Maman.

— J'ai, euh, entendu parler de lui.

La mort fournissait à Bones un alibi en béton. À en juger l'état du cadavre, il avait été tué bien avant Carla. Le trou de balle dans son front impliquait également une mort non naturelle.

Si Bones n'avait pas tué Carla, alors qui l'avait fait ? Peut-être la même personne les avait tués tous les deux. Ils étaient tous deux les têtes de leur famille criminelle respective, donc c'était clairement que quelqu'un leur disputait le pouvoir. J'analysai la foule du regard, me sentant soudainement vulnérable. Je m'écartai d'un pas de Rocco, au cas où il serait la prochaine cible.

Je sursautai en sentant quelqu'un toucher mon coude. Je l'arrachai de là.

— Qu'est-ce…

— Cen, ne sois pas aussi nerveuse en plus, fit Maman en étreignant mon bras.

Les larmes coulaient le long de son visage en ruisseau, et elle était clairement bouleversée. Elle s'appuya contre moi.

— Qui ferait une chose pareille ?

Devrais-je faire comme si je ne savais pas pour Bones ? Je regardai la Tante Pearl pour être guidée, mais elle était trop occupée à parler à Rocco pour faire attention à moi. Je décidai que ce n'était pas le moment ou l'endroit pour la questionner sur son amant secret.

— J'imagine que c'est pour dissimuler un meurtre.

— Mais pourquoi l'avoir caché dans le cercueil de Carla ? demanda Maman en fronçant les sourcils. On dirait qu'ils dorment ensemble.

— Je suis désolée, murmurai-je en réponse.

Ce n'était pas à moi de lui dire, mais Maman ne savait pas combien elle avait raison. J'espérais que personne ne le lui dise, pour lui épargner la peine.

— Tu as l'air de bien le supporter. De les voir ensemble.

— Hein ? Ben, ça arrive, tu sais, dit-elle en haussant les épaules. Ce n'est pas comme si on pouvait y faire quelque chose.

Je mourrais d'envie de savoir ce qu'il en était de la relation de Maman avec Bones Battilana, mais je n'osais poser de question, au cas où quelqu'un nous entende. Si quelqu'un savait pour cette liaison, ils risqueraient de s'en prendre à elle, et de croire qu'elle était au courant de ses secrets. Pas besoin d'être un génie pour comprendre qu'une vendetta entre gangsters opérant sur le principe de la loi du talion ne pourrait que s'escalader. Je devais trouver un moyen d'arrêter cette lutte de territoire avant qu'elle ne fasse plus de victimes.

CHAPITRE 18

Rocco n'avait reculé devant aucune dépense pour les funérailles de Carla. Il y avait assez de plats gourmets pour nourrir une armée de pleureurs, et apparemment les pleureurs de la mafia avaient un sacré bon appétit. Un flot constant d'invités dégoulinait dans et au dehors de la salle du banquet pour aller présenter leurs condoléances à Rocco. Il était près des portes, à parler avec trois femmes qui semblaient être de l'âge de Carla.

Une autre dizaine de gens s'affairaient autour d'une grande table de buffet chargée de petits fours, de petits sandwiches, de pâtisseries, et de fruits exotiques. Mais la plus grande partie de la foule s'était réunie autour du bar, où un barman versait de généreux shots de whisky, brandy, et de liqueurs italiennes. Les conversations prenaient de plus en plus de volume chaque fois qu'un verre se versait, la plupart concentrées sur le fiasco du cercueil de Bones Battilana, et sur des spéculations sur la façon dont il avait pu exactement trouver cette fin dramatique.

C'était dur d'ignorer la balle qu'il avait dans le front.

Je restai dans un coin de la pièce, essayant sans succès de me mêler aux drapés couleur de charbon qui encadraient les larges fenêtres. Au-delà une vue non obstruée du cimetière s'offrait à moi ainsi que de la scène de crime de la tombe barricadée, où la police était occupée à collecter des preuves.

Étrangement, la police restait dehors. Personne ne vint à l'intérieur nous interroger. J'avais le sentiment que la police avait déjà sa petite liste de suspects, dont la plupart étaient déjà à l'intérieur de cette pièce. Personne ici ne semblait remarquer les activités extérieures, pourtant. Les pleureurs semblaient, pour la plupart, peu inquiets.

Je tremblais toujours d'avoir fait tomber le cercueil. C'était embarrassant d'être le maillon faible de tous les porteurs, qui avaient tous pourtant au moins quarante ans de plus que moi. Je jurai de recommencer ma routine de fitness dès que je rentrerai.

Mais mon échec avait un côté positif. Sans moi, « Bones » Battilana serait resté le suspect numéro un sur la liste des possibles meurtriers de Carla, ce qui aurait fait dévier l'enquête sur la mauvaise direction. Maintenant qu'il ne figurait plus sur la liste des suspects, nous pouvions nous concentrer sur d'autres pistes, au lieu de supposer que Danny Battilana à cause de sa culpabilité serait en fuite. J'avais l'impression d'être une héroïne méconnue en gros, d'avoir « découvert » le corps. Étrangement, personne d'autre ne semblait partager ce sentiment.

J'avais beaucoup de peine pour Maman. La découverte de la mort de son petit ami était déjà marquante, mais le voir tomber d'un cercueil c'était encore autre chose. Pourtant Maman s'était tenue exceptionnellement bien avec élégance et dignité. En cet instant, elle était à côté de moi, à la moitié de sa seconde assiette de tiramisu.

— Tu es sûre que tout va bien ? demandai-je, en l'étudiant attentivement.

— Pourquoi ce ne serait pas le cas ? demanda Maman en se tamponnant les lèvres d'une serviette. Un voyage gratuit à Vegas, une super nourriture, et un incroyable appartement-terrasse où résider. Que demander de plus ?

— Tu sais ce que je veux dire. Bones.

— Et bien quoi ? demanda Maman en fronçant les sourcils.

— Il était ton... euh... ami, n'est-ce pas ? Tu n'es pas trop bouleversée ?

— Quoi ? Je le connaissais à peine, mais je n'ai jamais su ce que Pearl lui trouvait. Elle l'aimait.

CHAPITRE 19

Maman et moi étions à l'extrémité du bar, ce qui nous donnait un point de vue clair sur toute la pièce ainsi sur la police qui était en train de travailler dehors. Mis à part plusieurs officiers de police en uniforme qui gardaient l'endroit, rien ne semblait manquer à l'appel.

Je me tournai vers Maman.

— Non mais avec combien de femmes sortait Bones, exactement ? Carla, Tante Pearl et toi, dis-je en comptant sur mes doigts. J'en ai raté une ?

— Non, Cen. Comme je te l'ai dit, je ne suis jamais sortie avec Bones, dit Maman. Je ne pouvais même pas le voir en peinture. Mais Pearl et Carla étaient à fond sur lui. C'est probablement ce qui a ruiné leur amitié. Bones a quitté Pearl pour Carla, et du coup ensuite elles ont voulu s'entre-tuer. Ce type n'en vaut pas la peine. Ce type ne valait pas le coup tout court, si tu veux mon avis.

Je m'en décrochai la mâchoire.

— Mais Tante Pearl a dit…

Maman fit comme si de rien n'était.

— Tu sais comment elle est. Jamais de réponse claire, à mentir constamment. Elle aime bien créer la controverse.

Non seulement la Tante Pearl avait passé sous silence sa rivalité romantique avec Carla, mais apparemment elle m'avait aussi menti sur la relation de Bones avec Maman. Je croyais plus Maman que la Tante Pearl, alors ce démenti me soulageait.

Mais les dires de Maman soulevaient un problème. Cela signifiait que Tante Pearl avait un motif pour tuer Carla et Bones à la fois. Je savais qu'elle n'en aurait jamais rien fait, mais à part moi il était difficile de connaître ma menteuse de tante.

Je pourrais confirmer l'alibi de la Tante Pearl pendant le voyage qu'on avait fait en camping-car, mais pas plus tôt. La police ne pourrait ignorer la balle dans le front de Bones, ce qui signifiait qu'ils partiraient à la recherche de suspects. Ce n'était plus qu'une question de temps avant qu'ils ne concentrent leurs idées sur les partenaires romantiques comme la Tante Pearl.

Je me tournai de nouveau vers Maman.

— Tu es absolument certaine que tu n'es pas sortie avec Bones ? Pas une seule fois ?

Je voulais être absolument sûre des faits.

— Sur ma tête ! Je ne pouvais pas le sentir !

— Chut ! Je n'ai pas envie que les gens se fassent de mauvaises idées, la grondai-je comme plusieurs gens au bar nous jetaient un coup d'œil, y compris la Tante Pearl, qui était hors de portée auditive à l'autre bout de la pièce.

Elle était pratiquement assise sur les genoux d'un homme de soixante-dix à peu près. Il portait une chemise rose sur mesure de couturier sous un costume noir à rayures roses assorties. Apparemment les rayures étaient un classique indémodable dans le monde de la mafia.

— Qui est cet homme à qui parle la Tante Pearl ?

— Lui, c'est *The Man.*

— Hein ?

Encore un homme avec un surnom bizarre. *The Man,* ou *L'Homme,* avec un grand H... apparemment Tante Pearl n'avait pas perdu tant de temps que ça en deuil.

— Manny « The Man » La Manna, expliqua Maman. Pearl est amoureuse de lui. Je crois que c'est réciproque.

Je suivis son regard vers l'autre côté du bar, où les deux mentionnés avaient croisé leurs bras, levant leurs verres en un toast.

— Tante Pearl a le béguin pour lui ? Depuis quand ?

Maman haussa les épaules.

— Cela date d'il y a quelques mois. Elle est devenue dingue d'hommes, Cen. Je ne sais pas vraiment ce qui lui prend dernièrement. Peut-être que c'est ces smoothies au chou frisé bizarres qu'elle se fait en ce moment.

— Je vais aller voir ce qu'elle mijote.

Je me dirigeai vers le centre du bar et attirai l'attention du barman. D'abord, je voulais refaire remplir mon verre de Sauvignon blanc. Dieu sait combien j'allais avoir besoin de forces pour arracher la vérité de la bouche de ma tante. Je soupçonnai soit la Tante Pearl, soit Maman, ou les deux, de me mentir sur Bones, et je n'allais pas laisser tomber avant d'aller au fond des choses.

La Tante Pearl se matérialisa à mes côtés quelques secondes plus tard.

— Ne viens pas tout faire rater avec ta manie de fourrer ton nez partout, Cen. Occupe-toi de tes affaires et ne me pose pas de questions.

— Je croyais que c'était pour ça que tu m'avais amenée ici. Pour me mêler de ce qui ne me regarde pas.

J'avais beaucoup de questions en attente de réponse. En moins de 24 heures nous avions subi un accident de camping-car, une fusillade, découvert un cadavre, et maintenant on se retrouvait dans une pièce où tous les occupants devaient figurer sur la liste des Ennemis Publics américains.

— Si tu refuses de me dire la vérité, quelqu'un d'autre le fera peut-être. Ton ami gentleman, par exemple. Ce Monsieur La Manna.

— Laisse Manny en dehors de ça.

— Mais je meurs d'envie de le rencontrer. J'ai tellement entendu parler de lui.

Les yeux de la Tante Pearl s'écarquillèrent sous la surprise. Elle jeta un regard noir au travers de la pièce vers Maman et fit mine de lui jeter un sort. Maman haussa les épaules, même si j'aurais juré voir une trace de sourire sur ses lèvres.

— Je te présenterai une autre fois. Je suis en mode contrôle de dégâts collatéraux pour le moment, à essayer de l'empêcher de dézinguer Rocco et l'empire Racatelli. Ces discussions de fusions d'entreprises sont en train de me tuer.

— Manny aussi est un parrain ? dis-je, à nouveau ébahie.

Le rôle de gardienne de la paix de la Tante Pearl me surprenait beaucoup. La diplomatie n'était pas vraiment son point fort, et se faire passer pour la Henry Kissinger de la mafia semblait à la fois extrêmement dangereux et totalement inutile. Mis à part son manque total de tact et de persuasion, il était très peu probable qu'une quelconque trêve puisse durer plus de quelques heures avec ces gangsters.

La Tante Pearl acquiesça.

— Avec la disparition de Carla et Bones, Manny ne perd pas de temps à aller droit au but. Il veut éliminer Rocco du tableau. Il est prêt à faire une offre généreuse, mais pas à considérer l'option que Rocco puisse dire non.

— Je n'arrive pas à croire que tu parles d'eux en te servant de leurs prénoms. Tu crois que Manny aurait pu tuer Carla et Bones ? Peut-être que Rocco est le prochain.

On aurait dit ma tante quand je parlais à l'instant, et cela m'horrifia.

— C'est pour cela qu'il faut vite jouer notre coup.

— En parlant de jouer, tu joues ton numéro de séduction à la perfection. On dirait que tu t'amuses bien.

— Oh ! Grandis donc un peu, Cendrine, je suis en train de me sacrifier. C'est ce qui vaut mieux pour chacune d'entre nous.

Je fermai ma main autour de son bras.

— Non, Tante Pearl. Je pense qu'il faut qu'on s'occupe de nos oignons. On y va.

À ma grande surprise, la Tante Pearl acquiesça.

— OK, très bien. On s'en va.

CHAPITRE 20

J'analysai la réception funéraire à la recherche de Rocco. Je voulais lui dire au revoir, mais sans être remarquée. S'il était en danger, je ne voulais pas me retrouver mêlée par association à tout ça.

En y réfléchissant, l'idée que je puisse ne pas me faire remarquer était stupide. J'avais déjà attiré l'attention de toutes les âmes qui vivent avec mon lâcher de cercueil totalement impossible à louper. Comme j'étais porteuse, tout le monde me soupçonnerait d'être proche de Rocco et de la famille Racatelli.

Rocco me croisa du regard et traversa la pièce.

— Ça va mieux ?

Mon visage s'empourpra.

— Vraiment désolée. Cela a dû être la chaleur, enfin peut-être. Il faudrait probablement que je retourne à l'hôtel me reposer.

J'avais l'excuse parfaite pour partir. En plus de la chaleur de Las Vegas, ma laine et mes partenaires porteurs tous habilités en gérontologie ne m'avaient pas aidée.

— Ce n'est pas ta faute, dit-il, ses yeux bleu intense fixés sur les miens.

Je fis un signe de tête en direction du bar.

— Carla avait beaucoup d'amis.

Les invités semblaient plus d'humeur festive que morose, mais chacun fait son deuil à sa façon. Les gangsters portaient probablement plus souvent le deuil que d'autres, donc leur insensibilité était compréhensible.

— Amis ? ricana-t-il. Meilleurs ennemis, oui. Ils sont venus pour célébrer la mort de Grand-Mère, et peut-être attaquer le business. C'est un jeu à gros enjeux, et sans pitié. Les gens tuent pour avoir leur part du marché. Le tueur de Grand-Mère est parmi nous, sans aucun doute.

— Peut-être que la police rouvrira l'enquête.

Rocco me dévisagea, confus.

— Tu sais, à cause du cercueil et tout. Cela semble une très faible coïncidence que Carla et Bones meurent si vite tous les deux. Peut-être que quelqu'un voulait les voir disparaître tous les deux.

Rocco soupira.

— La moitié des gens présents ici, par exemple. Il y en a au moins un si ce n'est plus qui sait ce qui est arrivé à Grand-Mère dans sa piscine. Elle avait peur de l'eau et ne s'en approchait jamais. Elle la gardait toujours vidée. Tu as vu à quel point elle est petite et étroite, cette piscine.

Je grimaçai.

— Non.

— Bien sûr que si, Cen. Tu loges dans sa suite.

— Quoi ? Ah oui bien sûr.

Je me souvins en un éclair de la piscine, choquée. J'étais furieuse contre la Tante Pearl d'avoir omis un tel détail. Jamais je n'aurais pu croire que notre suite était celle de la mort de Carla, et encore moins une scène de crime.

— On devrait peut-être loger ailleurs.

— Pas besoin. La police a fini leur travail à la suite et a nettoyé la scène. En fait c'est très sûr, là-bas. Et d'une certaine façon, c'est mieux. Je me sens plus tranquille en sachant que vous êtes toutes en sécurité là-bas.

— On est, euh… en danger ?

— Non… Non, pas du tout. Mais pour être franc, vous associer avec moi cela pose certains problèmes. J'avais prévenu Pearl de cela, mais elle a insisté pour me dire que ce n'était pas un problème.

La Tante Pearl avait un autre problème, cela dit. Moi. Je lui en voulais de sa discrétion, et j'avais bien l'intention de la mettre face à ses responsabilités.

— Mais si la police croit qu'il s'agit d'une noyade accidentelle et que ce n'est pas le cas, ça veut dire qu'il y a un tueur en liberté. Peut-être que Bones a été tué par la même personne.

— Possible, mais on ne le saura jamais.

La police pouvait peut-être trouver une raison pour expliquer un cadavre dans une piscine, mais un cadavre dans un cercueil emprunté avec une balle dans le front, c'était autre chose.

— Mais la police ne peut pas faire comme si de rien...

— La police est corrompue et payée, fit-il en faisant un signe de main dédaigneux. Je sais à quoi tu penses. Bones Battilana était une cible évidente. La police trouvera un moyen de boucler à l'arrache cette affaire aussi. Peut-être qu'ils le colleront à un autre mort. Quelqu'un veut une part de notre business très lucratif, et l'argent parle.

— Ça paraît un peu extrême.

Le business familial des Racatelli était quelque chose dont ne parlait jamais Westwick Corners, principalement parce qu'on avait vaguement conscience que cela incluait des activités illégales et qu'on ne voulait pas s'y retrouver mêlés. Notre petite ville considérait qu'il valait mieux faire à la « moins on en dit mieux on se porte » dans ce genre de chose. Cela dit, que Rocco mentionne directement les affaires de sa famille dans le monde criminel me surprenait.

Rocco regarda dehors, dans le vague, vers l'aire confinée.

— Le plus simple pour la police serait de compromettre la scène de crime. C'est probablement ce qu'ils sont en train de faire, pour éliminer toute possibilité que le procureur aie suffisamment de preuves pour mettre la moindre charge sur qui que ce soit.

— Un déguisement d'affaires ?

Je n'étais pas convaincue que la police raterait l'enquête à dessein. Mais peut-être que les choses opéraient différemment à Las Vegas. Bones avait une balle dans le crâne. Ils devaient au moins enquêter là-dessus.

Rocco acquiesça.

— Ils feront cette enquête, mais ce sera un travail bâclé. Ou ils essaieront de me le mettre dessus.

— Mais quel motif aurais-tu de...

Je trouvai réponse avant même d'avoir fini. En tant que nouvel époux de Carla, Bones se retrouvait directement sur le chemin de Rocco pour la place de tête des Racatelli.

— Oublie. Pourquoi est-ce que Carla avait une piscine si l'eau la transformait ainsi en poule mouillée ? demandai-je avant de grimacer à mon piètre sens de la formulation dès que mes paroles m'eurent quittée, mais Rocco sembla ne rien remarquer.

— La suite appartement avait déjà la piscine quand on a acheté l'hôtel. Elle insistait pour y vivre. Et on ne peut pas vraiment enlever une piscine d'un gratte-ciel en béton. La remplir aussi de béton ce serait aussi très moche, alors grand-mère la gardait vide. Sauf, bien sûr, le jour où elle est morte. Ce jour-là, la piscine était pleine. C'est pour ça que je pense que c'était un coup monté, dit Rocco avant de faire une pause, les yeux dans le vide. Enfin, au moins c'est moi qui l'ai trouvée.

— Je suis vraiment désolée, Rocco.

— La police a beau dire que c'était un accident, je ne suis pas si bête. Cela a dû être un assassinat.

J'avais tellement de questions que je ne savais même pas où commencer. À cet instant j'oubliais mes mots.

— Ce n'est peut-être pas trop tard pour demander une autopsie. Au vu des circonstances…

À mon tour, je regardai dehors. La découverte de Battilana attirerait probablement quelques enquêtes supplémentaires, et il restait encore à couvrir la tombe.

Il haussa les épaules, les paumes tendues vers l'extérieur.

— Même si c'était le cas, ils ne partageraient sûrement pas les résultats. Ils continuent à perdre du temps. Je pense que je sais pourquoi.

— Il faut qu'on obtienne ce rapport, Rocco.

Même si mes plans étaient de m'occuper de mes oignons, je voulais moi aussi que justice soit faite.

CHAPITRE 21

Malgré ce que j'en pensais, je restais aux funérailles. Je restai dans un coin de la pièce avec Rocco. C'était plus fort que moi. Je me sentais à nouveau attirée par lui. Peut-être que la Tante Pearl avait renouvelé son sort. Mais ce n'était pas qu'une histoire d'attirance physique. Cette fois j'avais vraiment de la peine pour lui.

Une fois que tout le monde fut venu lui présenter leurs condoléances, les choses commencèrent à devenir bien plus intéressantes. Tout le monde était en train d'enivrer, en gros, au bar.

Tante Pearl et Maman ne semblaient pas mal à l'aise. Elles titubaient déjà à force d'avoir trop bu de vin.

— Tu vois cet homme là-bas ? demanda Rocco en pointant le nouveau jouet de la Tante Pearl du doigt.

Il avait quitté le bar et était au buffet, en train de charger son assiette d'une nouvelle plâtrée de dessert.

— C'est Manny « The Man » La Manna. Il essaie d'éliminer la concurrence et de récupérer notre business.

La Manna n'avait pas vraiment l'air d'un rapide preneur de décisions, même au buffet. Il devait à peine faire un peu plus d'un mètre cinquante, et n'avait certainement pas assez de présence pour intimider qui que ce soit, et encore moins pour s'immiscer dans le trafic de qui que ce soit.

Mais j'imaginais qu'il faisait probablement faire le sale boulot par quelqu'un.

— C'est lui ? acquiesçai-je, ne voulant pas laisser voir que je savais déjà qui était Manny.

Je l'observai se lécher les doigts, puis se les essuyer sur son costume à rayures. J'avais du mal à voir ce que la Tante Pearl trouvait de si attirant chez lui. En plus de ses occupations douteuses, il avait de mauvaises manières, quelque chose sur quoi la Tante Pearl était, étrangement, à carreaux. Qu'elle fricote avec un capo du crime me flanquait la chair de poule.

— Tu crois qu'il est impliqué là-dedans ?

— Sans aucun doute.

— Qu'est-ce que c'est votre trip avec tous ces surnoms bizarres ?

On regarda tous deux Manny revenir au bar avec une assiette pleine de tiramisu.

— Tout le monde a un surnom. C'est pour se protéger des oreilles intrusives ou de la surveillance de la police.

Cela confirmait grosso modo leurs activités criminelles, qui, comme on était à Vegas, comprenaient probablement des matchs truqués, paris illégaux, ou blanchissement d'argent. Cela aurait été malvenu de demander à Rocco de révéler plus de détails pour le moment, alors je préférais poser des questions sur le business de Manny La Manna. Ça devait être du même acabit, vu les plans hostiles de Manny.

— Que fait-il comme trafic ?

— Des prêts usuraires, de l'extorsion, blanchissement d'argent, tout ce que tu veux. Tout ce qui se passe en secret dans le coin.

Je me reconcentrai sur Manny, qui se tenait près du bar. Il avait attaqué son tiramisu avec un tel ravissement que je m'attendais presque à le voir lécher l'assiette.

L'homme à côté de lui attira soudainement mon attention.

— Je connais cet homme, murmurai-je en montrant Christophe, qui était près du coude de Manny. Ça me surprend de voir notre majordome aux funérailles… Mais j'imagine que c'est normal. Après tout, c'était aussi le majordome de Carla.

— Majordome ? répéta Rocco en grimaçant. Grand-Mère n'a jamais eu de majordome de sa vie.

— Il est compris avec la suite. Ou en tout cas c'est ce qu'il nous a dit.

Rocco m'adressa un regard vide de compréhension.

— Crisco n'a rien à faire dans cette suite. Il n'a strictement rien d'un majordome.

— Crisco ? C'est quoi encore comme nom ?

— Tu n'as aucune envie de le savoir. Crisco travaille pour Manny. Il se charge de ce que les autres ne font pas, dit Rocco, en se grattant le menton pensivement. Mais ce n'est peut-être pas si mal. S'il est dans la suite, tu peux le surveiller.

Manny semblait avoir posé ses tentacules partout, et cela s'étendait apparemment même à ma propre famille. Je frémis, même si la salle pleine était chaude.

Mon pouls s'accéléra. La raison pour laquelle Christophe se trouvait dans notre suite, que j'ignorais, n'avait rien à voir avec l'envie de nous servir des petits fours ou des cocktails. Il nous voulait quelque chose.

— Non. Il faut qu'on sorte de là. Je dois aller prévenir Maman et Tante Pearl.

La main de Rocco se referma en pince sur mon bras.

— Ne fais pas ça. Tu vas lui donner l'alerte. En plus, ce n'est pas après toi qu'il en a. C'est après moi. Il croit que je vais retourner à la suite.

— Mais, et s'il…

— Il se fiche de toi et de ta famille, Cen. Sans vouloir t'offenser, il est probablement en train de me tendre un piège. Donne-moi un peu de temps avant de faire quoi que ce soit. Il faut que tu restes ici. Sinon, il risque de devenir méfiant. Garde un œil sur lui jusqu'à ce que je trouve un plan. Je ne peux pas le laisser m'atteindre.

— Ça n'a aucun sens. Il est ici, aux funérailles. Il pourrait t'atteindre tout de suite s'il le voulait.

Rocco me dirigea vers le couloir.

— Personne ne me descendra en pleine vue dans des funérailles. Trop de témoins. En plus, ça reste des funérailles. Des limites existent que même les gangsters ne franchissent pas.

Je ne croyais pas au raisonnement de Rocco. Tout Mafioso qui se respecte se tairait plutôt. Si l'assassinat d'un gangster ne suffisait pas à garder l'*omerta*, un code du silence, je ne savais pas ce qui suffirait.

La colère gronda en moi.

— Comment as-tu pu nous laisser aller nous installer dans cette suite sans nous dire ?

— Pearl connaissait déjà le plan, et Crisco n'est pas si important que ça. Vous le garderez à l'œil tandis que je me concentre sur Manny.

— Je ne sais pas. Christophe a peut-être déjà une longueur d'avance sur nous.

Je me souvins en un éclair du vin puissant de Christophe, qui aurait été une excellente méthode pour neutraliser une sorcière ou trois. Comment avait-il fait pour accéder à la suite tout court ? Depuis combien de temps y était-il ? Peut-être même que c'était Christophe qui avait tué Carla. Il nous avait peut-être dans son viseur, mais on pourrait nous aussi l'acculer.

— Contente-toi d'être prudente, dit Rocco. Mais j'ai vraiment besoin de toute l'aide possible. Le plan de Manny est assez clair. D'abord Grand-mère, puis Bones Battilana. Cela signifie que je suis le prochain sur sa liste. Dès qu'il m'aura éliminé, Las Vegas s'offrira tout entière à lui.

C'était un peu alambiqué, mais Rocco semblait savoir de quoi il parlait.

Je me reconcentrai sur Christophe, mais il ne me souriait déjà plus. Son sourire s'était transformé en un regard de tueur, dirigé vers Rocco. Christophe inclina la tête et glissa quelques mots à Manny, qui nous rendit son regard. Puis il donna un petit coup à un homme costaud qui les avait rejoints. Cet homme mima un couteau passé devant sa gorge.

Les trois hommes s'esclaffèrent.

J'avais le sentiment que je ne profiterais plus des cocktails de la mort de Christophe avant bien longtemps.

CHAPITRE 22

Je quittai l'ascenseur derrière Maman et la Tante Pearl. En pénétrant dans le vestibule de marbre, je dus faire une pause. J'avais besoin d'un moment pour reprendre mes esprits. Au lieu de cela, je fus agressée par le couple du tableau de l'ère Capone. Ils semblaient me regarder directement. Alors seulement je réalisai qu'ils étaient probablement soit les parents de Carla ou de Tommy. Les yeux bleu intense de cette femme étaient identiques à ceux de Rocco et l'homme semblait être son jumeau, déguisé dans un costume des années 1930.

Notre suite me semblait être plus une prison qu'un refuge, mais il était trop tard pour faire machine arrière. Que cela nous plaise ou non, nous étions obligées d'aider Rocco.

Mais mes épaules se relâchèrent en examinant la suite. Christophe n'y était visible nulle part, mais je m'attendais à le voir arriver à tout moment.

Un frisson me parcourut l'échine. Je devais absolument découvrir les raisons pour lesquelles Christophe traînait par ici. J'étais déjà nerveuse à l'idée de lui demander des comptes. Ce n'était pas ce que Rocco voulait, mais mieux valait pour moi apprendre ce qu'il se tramait, et poser la question me semblait être la seule option. Nous avions besoin de trouver un plan et d'agir en vitesse.

Tante Pearl s'effondra sur le sofa, épuisée mais apparemment relaxée et non inquiète. Maman tituba vers les portes du patio, gloussant après quelques verres de trop aux funérailles.

L'air conditionné de la suite me rafraîchit physiquement, mais ne parvint pas à apaiser mes nerfs à vif. Je filai à l'étage, où je troquai ma tenue de laine inconfortable pour un short et un t-shirt. Ensuite, je soulevai ma valise sur le lit et y fourrai mes affaires. Je voulais être prête à partir en un clin d'œil. Bien sûr, Christophe pourrait ne jamais revenir, mais c'était peu probable. Manny voulait se débarrer de Rocco, et ses confidents lui sembleraient probablement être des cibles légitimes également. On pourrait se servir de nous comme de pions, ou pire. J'avais essayé d'en convaincre Maman et la Tante Pearl sur le chemin du retour vers l'hôtel, mais elles avaient considéré que mes craintes étaient ridicules.

Mais avec ou sans Maman et la Tante Pearl, j'étais bien décidée à rentrer chez moi. En ce qui me concernait, Rocco était tout seul. Seul lui pouvait se dépêtrer de cette vie de criminel qu'il avait choisi. J'avais de sérieux doutes à l'idée d'abandonner Maman et Pearl en plein milieu d'une guerre de gangs, mais j'étais impuissante à les arrêter.

Je me souvins en un éclair de la mention de Rocco de la mort de sa grand-mère, et de sa cause. On supposait que Carla était morte noyée, et pourtant on l'avait découverte gisant sur le dos dans la piscine. Ce même détail m'avait gênée plus tôt, mais seulement maintenant je réalisai pourquoi.

On retrouve généralement les noyés sur le ventre. La noyade impliquait nécessairement une immersion dans l'eau, soit sur le ventre. Un corps flottait naturellement dans la même position que celui de sa mort, à moins d'être bougé. Les morts ne bougeaient pas à moins d'un courant ou autre chose pour les déplacer.

Ou quelqu'un.

Cela confirmait les dires de Rocco. Cela m'inquiétait aussi, parce que la seule personne qui avait un accès non autorisé à la suite de Carla allait revenir à tout moment.

J'étreignis ma valise et dévalai les escaliers.

— Tante Pearl !

— Quoi encore ?!

— Si tu refuses de partir, il faut au moins se débarrasser de Christophe. Il ne peut rester avec nous !

Je lui racontai les dires de Rocco. Maintenant qu'on avait mis à jour toute cette mascarade de majordome, je m'attendais à quelque chose de bien plus sinistre de sa part que des cocktails un peu osés.

La Tante Pearl explosa de rire.

— Ne sois pas idiote ! Chris est inoffensif. Il se contente de faire ce que Manny lui dit de faire.

Je levai les mains en objection.

— C'est ça le problème. Christophe travaille pour Manny, et Manny veut tuer Rocco, indiquai-je, ne pouvant me résoudre à l'appeler Crisco.

C'était trop flippant.

— … Et Manny fait ce que je lui dis de faire, dit la Tante Pearl en replaçant une mèche de cheveux gris derrière son oreille avant de me faire un clin d'œil.

— Pourquoi as-tu une liaison avec un gangster ? explosai-je en jetant les mains en l'air. C'est grave, Tante Pearl ! On est en plein milieu d'une guerre de gang, et on ne va pas s'en tirer sans dommage. Tu risques de toutes nous faire tuer.

— Bien sûr que c'est grave. On est ici pour quelque chose, Cen. Trouver et emprisonner le vrai tueur.

J'inclinai la tête vers le patio, où Maman était assise à la piscine, trempant ses doigts de pied dans l'eau. Dans cette même piscine où Carla avait trouvé la mort. Je frémissais.

— Elle va bien, dit la Tante Pearl en levant doctement un doigt. Une seconde.

Je la suivis dans la cuisine en pestant.

— Le fait que la police ne fasse pas son travail ne signifie pas que ce soit à nous de le faire. On pourrait se faire tuer. Cela ne ramènera pas Carla.

— On va juste remettre les choses en place. Donner un coup de pouce aux flics, dit-elle avant de sortir deux verres du placard et claquer des doigts.

Une carafe glacée de Margherita fraise se matérialisa lentement en face de nous.

Toute cette consommation d'alcool ne pouvait rien apporter de bon. Cela assourdissait nos sens, ainsi que nos pouvoirs surnaturels.

Tante Pearl versa deux verres et en poussa un vers moi.

— Les flics sont tous les mêmes.

J'ignorai à la fois le verre et sa référence pointée vers Tyler. J'étais la seule dotée d'un peu de sens, et je ne pouvais me permettre de le voir compromis par plus d'alcool.

— On ne fait pas le poids face au crime organisé.

— Au contraire, je qualifierai plutôt l'opération de Rocco de crime « désorganisé ». Celui qui a fait ça doit payer, sans aucun doute. Même Jimmy Hoffa n'a jamais eu à partager de cercueil.

Les yeux de la Tante Pearl s'humidifièrent tandis qu'elle levait le verre à ses lèvres. Elle le tomba d'un seul trait et écrasa le verre sur le comptoir.

— Où dois-je commencer ?

Je lui fis signe de me suivre et nous retournâmes dans le living-room. Je jetai un œil dehors, là où Maman était toujours assise au bord de la piscine. Maman semblait contente et relax, pas déprimée. Même si à bien y réfléchir, elle se comportait étrangement depuis ces quelques dernières heures.

— Raconte-moi rapidement, avant que Maman ne revienne.

Les histoires de Maman et de la Tante Pearl ne s'accordaient pas, donc il y en avait probablement un ou deux qui mentaient. Tante Pearl leva les yeux au ciel.

— Comme je te l'ai déjà dit, Bones a bien trouvé un moyen de se faire une place dans le cœur de Carla. Il nous l'a prise dans ses bras et l'a épousée, tout ça en l'espace de trois semaines.

Je secouai la tête.

— Maman va obligatoirement s'en rendre compte. Ça va faire la une des jours.

— Oui. Le mariage secret de Carla sera dévoilé. Ainsi que le fait que les biens de Carla Racatelli sont devenus des biens communs.

— Bones a hérité à la place de Rocco ? dis-je, ébahie. Tu veux dire qu'elle a gardé le casino sous son nom, plutôt que sous celui d'une société ? Comment a-t-elle pu être aussi...

— Bête ? Je ne sais pas, Cen. L'amour nous fait agir idiotement parfois.

Ce Danny était un vrai charmeur. Tu ne peux pas savoir vraiment quel effet il avait sur les femmes sans l'avoir rencontré en personne. Mais bien sûr il est trop tard pour ça, désormais.

Elle alla à la pêche dans son sac à main et sortit une photo.

— Ce genre d'homme n'aime pas être pris en photo, mais j'ai réussi à en prendre une de nous, en double rencard. C'était quelques mois avant que Danny ne quitte Ruby pour Carla.

Je lui volai la photo. Maman et Tante Pearl étaient à un spectacle de variétés. Elles étaient assises à une table au premier rang avec deux hommes. L'un était Manny La Manna, et l'autre Danny « Bones » Battilana, sans aucun impact de balle dans le crâne.

Manny était assis à côté de la Tante Pearl, habillé normalement avec une chemise de sport, et Bones dans un costume sur mesure avec une chemise en lin blanc. Il souriait chaleureusement à la caméra, son bras drapé autour de celui de Maman. Elle était appuyée contre lui, rayonnant d'amour et de joie.

Mon pouls s'accéléra. Malgré le démenti de Maman, il semblait que Bones et elle avaient bien eu, au moins, une liaison romantique. Ils semblaient tous deux heureux. Et pourtant en quelques mois, Bones avait apparemment épousé Carla. J'avais bien besoin de cette Margherita, en fin de compte. Je levai mon verre et pris une gorgée.

— À quoi pouvait bien penser Rocco en voyant Bones commencer à sortir avec sa grand-mère ?

— Ça ne l'enchantait pas. Il a essayé d'avertir Carla. Elle refusait d'écouter, en pensant que Rocco était juste en colère qu'elle recommence à fréquenter des hommes.

— Rocco avait une raison de tuer Bones, dis-je. Il voulait le contrôle.

La Tante Pearl acquiesça.

— Rocco résistait, et c'est ça qui a démarré la fusillade dans le lobby. Bones voulait faire peur aux employés de l'Hôtel Babylon et les remplacer par les siens. Puis il contrôlerait tout.

— On dirait que ça ne lui a pas réussi. Seulement, Bones n'était pas dans le lobby ce matin-là. Il était déjà mort, rétorquai-je en fronçant les sourcils. S'il était déjà mort, pourquoi la fusillade aurait-elle eu lieu ?

La Tante Pearl haussa les épaules.

— Ses gars ne faisaient que suivre ses instructions.

Je me souvins en un éclair du corps.

— Ça devait être des instructions anciennes, parce que le cadavre de Bones semblait dater d'il y a déjà un moment, observai-je, avant de poser la main brusquement sur la bouche, sous le choc. Rocco aurait pu tuer Bones. Il avait un motif.

— C'est vrai.

— Tu n'as pas l'air très inquiète.

— Je suis plus inquiète de savoir qui est mort en premier, dit la Tante Pearl. Si Bones a été tué en revanche pour ce qui est arrivé à Carla, alors Rocco a un problème. Cela signifierait que Bones a survécu à Carla. Il deviendrait son héritier, pas Rocco. Mais je suis sûre que tu prouveras l'inverse.

— Moi ?

— Tu es douée pour ces enquêtes, et tu as un tuyau avec la police. Tu nous sortiras de pétrin en un rien de temps.

C'était la seule et unique fois que la Tante Pearl avait mentionné le Shérif Tyler Gates, et je ne comprenais pas trop pourquoi. Il travaillait à Westwick Corners, pas à Las Vegas, alors j'avais du mal à voir en quoi cela avait quoi que ce soit à voir avec qui que ce soit.

— Non, Tante Pearl. Il faut vraiment qu'on sorte de là, sifflai-je, avant de baisser ma voix jusqu'à ce qu'elle ne soit à peine plus audible qu'un murmure. Et Christophe ? Ce type me file la chair de poule.

— Ne sois pas idiote. Christophe est bien trop occupé à préparer des cocktails et des entrées pour prévoir des meurtres. Cela dit, il pourrait donner des leçons à Ruby en termes d'hospitalité, par contre.

J'imaginai Christophe un instant en train de faire le barman à Westwick Corners, puis m'ôtai aussi vite cette idée de la tête.

— C'est ridicule. Je n'aime pas te voir fraterniser avec ces gangsters. C'est dangereux.

— Tu en fais trop. Crisc... Pardon, Christophe... Il est juste ici pour nous protéger, Cen. Manny l'a envoyé pour veiller sur nous.

— Tu en es sûre ? Cette suite a beaucoup de dispositifs de sécurité et je parie que Rocco...

— Rocco n'a aucune idée de ce qu'il trafique en ce moment. Il est trop distrait. En plus, je n'ai pas dit que je croyais Manny. Je fais semblant pour ne pas ruiner ma couverture.

— Comment ça ? Tu es un agent secret, maintenant ?

— Que tu comprends vite, Cen, ironisa la Tante Pearl en levant les yeux au ciel. Il faut savoir garder ses amis proches de soi, et ses ennemis encore plus.

CHAPITRE 23

Le regard de la Tante Pearl se perdit dans le vague.

— Ruby ne veut certainement pas que tu apprennes pour Danny, mais ce n'est pas comme si je pouvais me confier à qui que ce soit d'autre, murmura-t-elle, avant de soulever ses jambes et de se rapprocher de moi à un tel point que je pus sentir l'alcool de son haleine. Il faut qu'on dise la vérité à Ruby sur son petit ami. Ça va lui faire du mal, mais peut-être qu'elle verra le bon côté. Bones voyait peut-être Carla en douce, mais seulement pour récupérer son casino pour pouvoir blanchir son argent.

— Je ne vois pas en quoi son désir secret de blanchir de l'argent l'aidera à se sentir mieux.

Je me souvins en un éclair des funérailles. Découvrir que votre petit ami avait épousé quelqu'un d'autre, ça vous ruinerait à coup sûr votre journée.

— Maman sera quand même bouleversée. Pourquoi doit-on vraiment lui dire quoi que ce soit ? Il est mort maintenant, alors ça n'a plus d'importance.

— Bien sûr que si ! cracha la Tante Pearl. Revenons à Carla. Elle a empêché Danny de blanchir son argent.

— Je comprends pourquoi. Carla avait probablement déjà assez à faire avec son propre argent. En rajouter risquait de la faire pincer, dis-je en réfléchissant à haute voix avant de me maudire parce que, désormais, je pensais moi aussi comme un criminel. Bones a été futé d'épouser Carla. En tant qu'épouse, elle n'aurait jamais à témoigner contre lui au tribunal.

— Regarde où ça l'a mené, Cen. Il est mort, renifla la Tante Pearl. Bones n'est pas vraiment le mari de Carla. Il ne l'a jamais été.

— Mais le mariage de Las Vegas...

— Une imposture. Carla est... enfin, était... un petit génie, murmura la Tante Pearl, dont les yeux s'humidifièrent et la voix se brisa. Elle savait parfaitement ce que préparait Bones. C'est pourquoi elle a eu l'idée d'organiser un faux mariage. Bones croirait qu'ils étaient mariés, et cela a fourni à Carla un peu de temps. Elle voulait éviter une guerre de gang à ciel ouvert.

— Ça a vachement bien marché.

— Elle a laissé à Danny le soin de l'inviter à dîner, tout en sachant qu'il voulait sa part du marché. Puis elle a organisé un mariage rapide, avec des témoins et des faux papiers. Seul lui y a cru. Ça lui semblait être une bonne idée, commenta la Tante Pearl. Mais peut-être que c'était trop peu, trop tard.

— Bones... Je veux dire, Danny... Il a probablement dû s'en rendre compte et l'a fait tuer.

Pearl renifla.

— Qui sait ? On n'a toujours pas de preuve tangible accablant qui que ce soit. Bones avait des raisons, mais sa mort lui fournit un alibi en béton.

— Ça dépend du timing.

C'est vrai que le corps de Bones était en bien moins bon état que celui de Carla, mais peut-être il y avait-il une bonne raison.

— Le corps de Carla a été embaumé, mais je devine que Bones n'a pas dû avoir le même traitement : son corps a juste été largué au fond du cercueil de Carla et c'est tout.

— Et ?

— Il semble qu'il soit mort plus tôt, mais seulement parce qu'il n'a pas reçu de soins post-mortem, de maquillage, ou je ne sais ce que les croque-morts font en général.

Puis je jetai un œil dehors, inquiète que Maman ait disparu de notre vue. Je pris une profonde respiration, songeant que j'en faisais trop. Le patio enroulait la suite sur trois côtés, donc elle était probablement hors de vue, à profiter de la vue.

Je me retournai vers la Tante Pearl.

— J'aimerais qu'ils fassent une autopsie de Carla. Cette histoire de noyade n'a aucun sens.

— Facile à arranger. Tes désirs sont des ordres, déclara Tante Pearl avant de faire un geste de la main en l'air et de regarder vers le ciel. Je vois que tu es enfin avec nous, Cen. Mieux vaut tard que jamais.

Une gerbe de feuilles tomba du plafond et atterrit sur mes genoux. Je remis les papiers en l'ordre.

— Tu viens de le créer ?

— Ne sois pas idiote. Je ne ferais jamais une telle chose.

— Mais le médecin légiste n'a pas…

— Il en a fait un. Mais le rapport d'autopsie a été dissimulé, comme tout le reste.

Je soulevai le rapport.

— Où as-tu récupéré ça ?

Elle leva les yeux au ciel.

— Ça n'a aucune d'importance. Occupe-toi de lire ça pendant que je vais enquêter au casino.

— Pas de pari, Tante Pearl. Tu sais comment ça te réussit.

L'impulsivité de la Tante Pearl et son problème avec l'argent formaient une très mauvaise combinaison. Même si son ticket gagnant au loto était réel, elle avait probablement dépensé une petite fortune pour y arriver. Les sorcières pouvaient conjurer pratiquement n'importe quoi, à l'exception d'argent solide. Un ticket de loto gagnant était presque pareil que du liquide, cela dit. En conjurer un se rapprochait de la contrefaçon surnaturelle. C'était une violation des lois de la WICCA assez grave pour vous assurer un bannissement à vie.

Soit, ma tante brisait de petites règles de ça et là, mais elle ne mettrait jamais en danger son statut de sorcière, peu importe les évènements. D'un autre côté, les parieurs compulsifs devaient assouvir leur addiction, donc c'était peut-être hors de contrôle chez elle.

La Tante Pearl haussa les épaules.

— Peu importe. Ça m'est égal. Mais n'oublie pas : j'ai gagné au loto. Je peux me permettre de parier si j'en ai envie.

J'allais reposer une énième fois la question à Tante Pearl sur le montant qu'elle avait gagné, quand Maman cria.

— À l'aide !

Nous fonçâmes toutes deux dehors pour trouver Maman dans la piscine jusqu'à la taille. Ses cheveux étaient trempés, et son mascara répandu sur ses joues. Elle avait dû tomber dans l'eau.

— Comment est-ce que tu... ? commençai-je à demander en lui tendant la main.

— Je ne sais pas, répondit-elle en tremblant. J'ai dû m'endormir, j'imagine. La dernière chose dont je me souviens, c'est de m'être retrouvée à flotter sur le ventre.

Elle bredouillait et claquait des dents malgré la chaleur.

Nous l'extirpâmes de la piscine, et Tante Pearl attrapa une serviette pour l'enrouler autour de ses épaules. Maman vacilla sur le côté.

— Ouch... Je crois que je me suis tordu la cheville en tombant.

Cet accident de piscine n'était qu'une preuve supplémentaire que Maman n'était pas dans son état normal de prudence, même si cependant, je ne me rappelais pas l'avoir vue boire plus qu'un verre ou deux aux funérailles. Ça ne suffisait certainement pas pour s'évanouir, même si elle n'était plus très stable sur ses pieds. Peu importe la raison de ce comportement, ça ne lui ressemblait absolument pas.

Je frémis, il s'en était fallu de peu. Un seul accident de piscine suffisait. Si c'était vraiment ce qui s'était passé.

Avec Tante Pearl, on prit chacune un bras et emmena Maman au canapé, où elle s'évanouit rapidement. Au moins elle respirait normalement. Je plaçai un oreiller sous sa tête et la recouvris d'une couverture.

Je me concentrai à nouveau sur les résultats de l'autopsie de Carla. C'était une lecture complexe, surtout que je ne m'y connaissais pas beaucoup sur ces termes médicaux. Une chose était claire, cependant. La véritable cause de la mort de Carla n'était pas la noyade.

Selon le rapport, les poumons de Carla ne contenaient pas d'eau, ce qui signifiait qu'elle était déjà morte au moment d'entrer dans l'eau. Je parcourus rapidement le rapport jusqu'à atteindre la section qui indiquait la cause de la mort. La médecin légiste avait déclaré cela comme un homicide, par strangulation.

Je levai les yeux vers la Tante Pearl, qui enfilait ses chaussures, prête à aller au casino.

— Attends. Tu as lu ça ?

— Comment aurais-je pu ? C'est toi qui l'as, dit-elle en revenant au canapé et en se perchant sur l'accoudoir à côté de moi. Pourquoi ?

— Regarde, dis-je en pointant du doigt vers la section qui indiquait la cause de la mort. Carla a été étranglée. Cet accident de piscine a été orchestré, pour faire croire à une noyade.

— Je t'ai déjà dit que la scène avait été maquillée. Ce n'était pas un accident.

— Je sais bien, Tante Pearl, mais j'aurais juste cru que les résultats du rapport d'autopsie auraient eux aussi conclu à un accident, dis-je en levant les yeux. Cela prouve que tout ça a été maquillé, mais seulement par la police, pas par la médecin légiste. Pourquoi ?

Je me tournai vers la Tante Pearl, en gardant la voix basse pour ne pas réveiller Maman.

— Ils ont été soudoyés.

— Peut-être, mais pourquoi la médecin légiste ne dit rien alors ?

La Tante Pearl haussa les épaules.

— On l'a soudoyée elle aussi.

Je fis non de la tête.

— Si c'était le cas, le rapport d'autopsie aurait dit lui aussi que c'était un accident. Mieux vaudrait rendre à ce médecin une petite visite.

Les yeux de la Tante Pearl s'écarquillèrent.

— Elle aussi est en danger !

J'acquiesçai en jetant un œil à ma montre. Il était déjà 19 h passé.

— On est après le service, donc je pense qu'on devra attendre demain.

— En attendant, mieux vaut protéger Rocco, dit la Tante Pearl. J'ai posé un bouclier protecteur autour de lui. Seule une autre sorcière pourrait le briser.

La Tante Pearl était obstinée et inarrêtable quand elle avait un but, ce soir ne faisait pas exception à la règle.

— Rocco n'a pas besoin de protection, Tante Pearl. Réfléchis-y. Les gens autour de lui tombent comme des mouches, et pourtant il s'en sort sans blessures. Pourquoi ?

Maintenant que le sort d'attraction de ma tante s'était dissipé, j'y voyais à nouveau clair. Soit la Tante Pearl avait érigé un bouclier en Teflon autour de lui, ou il était impliqué.

— Il a eu de la chance jusqu'ici, j'imagine, dit la Tante Pearl en évitant mon regard. Mais la chance ne vous porte pas bien loin.

— Ce n'est pas de la chance. Il est probablement impliqué, au moins dans la mort de Bones.

— Comment oses-tu accuser ce pauvre Rocco ? Ce n'est qu'une victime de plus dans tout ça ! s'exclama-t-elle en secouant la tête, déçue.

— Tu n'es pas objective, Tante Pearl. Tes émotions prennent le dessus.

La Tante Pearl se leva devant moi.

— Je dois honorer ma promesse, Cen. C'était la dernière volonté de Carla que je prenne soin de Rocco.

Je secouai la tête en repensant à Rocco et à ses gardes du corps armés.

— Rocco n'a pas besoin de toi. Il est assez vieux pour prendre soin de lui-même. Attends, une seconde. Tu es sa...

— Marraine, dit la Tante Pearl en complétant ma phrase. Une fois qu'on aura résolu cette affaire et enfermé le tueur, on devra remettre Rocco sur pied. Il aura besoin de mes conseils dans son nouveau rôle de chef de la famille Racatelli.

Je suppliai sérieusement le ciel qu'elle ait voulu dire « marraine » au sens de « marraine la bonne fée » et non pas le féminin de « parrain » au sens mafia. La Tante Pearl en Don du crime, ou en Donna, si c'est comme ça qu'on dit en italien, était une idée franchement terrifiante.

— Le syndicat du crime Racatelli n'est pas une entreprise comme les autres, Tante Pearl. Je doute que Carla voulait que tu sois sa tuteure là-dedans, la repris-je, attristée qu'il ait fallu attendre la mort de Carla pour pouvoir parler ouvertement des aventures criminelles de la famille Racatelli. Ce sont des gens dangereux avec qui tu fricotes.

— Rien n'est aussi dangereux qu'une sorcière en vendetta. C'est là que tu entres en jeu, dit la Tante Pearl en se frottant les paumes. Tu le tiens occupé pendant que j'utilise ma magie.

Je levai les mains en protestation.

— Ah non non. Je ne tremperai pas dans quoi que ce soit. Tu prends ton rôle de marraine un peu trop au sérieux.

Tante Pearl me défia, debout devant moi, les mains sur les hanches.

— Je ne suis pas une marraine au sens classique du terme, Cendrine.

Carla m'a nommée après la mort des parents de Rocco quand il était déjà adolescent. Elle savait qu'elle ne continuerait pas à vivre pour toujours. Rocco, en tant qu'héritier de ses affaires, devait être prêt. Elle a réalisé que j'étais la femme parfaite pour ça.

— Tu n'es pas vraiment jeune non plus, indiquai-je.

La Tante Pearl était aussi dans ses soixante-dix ans, quelques années de moins que Carla, c'est tout. Cette histoire de planification de succession semblait être une grossière exagération ou carrément un mensonge.

Pourtant, je ne trouvais personne de plus motivé que la Tante Pearl, donc ça au moins ça faisait sens. Mais qu'est-ce qu'elle en connaissait en rouages du crime organisé ? Rien, à ma connaissance.

— Je pense que tu t'imagines plus que prévu. Si tu es sa marraine, n'es-tu pas techniquement la chef intérim de l'entreprise Racatelli ?

Tante Pearl acquiesça.

— C'est pour ça qu'on devait venir à Vegas. On a besoin de nous toutes pour s'assurer du succès de Rocco.

— Mais pourquoi moi ? Je n'ai pas de pouvoirs très puissants.

Et en plus, la dernière chose dont j'avais envie était bien d'aider un criminel à asseoir son pouvoir dans la pègre. Ami d'enfance ou pas, d'ailleurs.

— Exactement.

J'attendis que la Tante Pearl précise, ou au moins me fasse une leçon sur l'importance de m'appliquer, mais elle ne le fit pas.

— Pas en magie, mais tu as de très puissants pouvoirs d'attraction.

— Pouvoir d'attr… Ah non. Tu ne me cases pas avec Rocco.

M'utiliser comme leurre était insultant, au moins. Puis mes pensées dérivèrent à notre rencontre dans le lobby. Cette poitrine musclée et ces yeux bleus perçants…

Mince. Qu'est-ce qui n'allait pas avec moi ? Je désirais Tyler, pas Rocco. J'en étais certaine. Et pourtant mon attirance magnétique envers Rocco semblait chambouler mes émotions.

— Tu es précisément le genre de distraction dont Rocco a besoin pour le moment. Tu seras aussi à proximité pour le garder en sûreté. Tu peux le protéger au cas où quoi que ce soit se passe mal.

— Comme quoi ? demandai-je, de plus en plus mal à l'aise.

— Je n'en sais rien, Cen, fit la Tante Pearl avant de faire une pause et de choisir ses mots avec précaution. Souviens-toi, seule une sorcière peut briser le bouclier protecteur que j'ai mis sur Rocco. Tu n'es pas la meilleure des sorcières… loin de là… mais au moins tu peux prendre les armes au besoin.

— Attends… quelles armes ?

— Pas le temps de rentrer dans les détails. Tu le sauras si c'est nécessaire.

— Peut-être que je refuserai.

— Non. Ce qui est fait est fait, Cen. Tu ne pourras pas y faire grand-chose. Fais-moi confiance.

— Tu m'as collé un autre sortilège d'attraction ! rugis-je.

Je ressentais à nouveau cette étrange attirance pour mon ami d'enfance. Si seulement j'avais pratiqué ma magie ; j'aurais alors été capable de contrer le sort de ma tante. Elle se servait de moi à ses propres fins et réussissait à me donner une leçon en même temps. Tout ça parce que j'avais négligé mon entraînement de magie, ce qui me rendait sans défense contre ma puissante tante.

Je ferais mieux de devenir une puissante sorcière rapidement, au moins pour contrer les manipulations de la Tante Pearl. Elle m'avait encore piégée. Je la foudroyai du regard.

— Enlève-le-moi tout de suite.

— Non, mademoiselle. Pas avant qu'on attrape le tueur de Carla et qu'on s'assure que l'empire des Racatelli reste entre les mains de Rocco.

— Je suis certaine que Rocco n'aimerait pas savoir que tu t'impliques là dedans.

En tout cas moi non plus. Les choses pouvaient très rapidement tourner au vinaigre.

— Ça n'a pas d'importance. Il y a, euh… des problèmes de travail dont Rocco n'a pas encore conscience. Des problèmes personnels aussi, indiqua la Tante Pearl, d'un visage stoïque. Carla avait quelques problèmes dans le département des relations.

— Qui ont disparu à sa mort.

— On croirait, mais…

— Mais quoi ?

— Carla a eu une liaison avec quelqu'un d'autre. Dans un moment de passion, elle a peut-être fait quelque chose qu'elle regrette.

— Un autre homme à part Bones ? Mais où trouvait-elle le temps pour tout ça ?!

Carla réussissait à gérer une entreprise criminelle multimillionnaire, à repousser les gangsters, et jongler entre les hommes. Je ne réussissais à faire qu'un dixième de tout ça, et j'avais cinquante ans de moins. J'étais un échec comparé à elle. D'un autre côté, moi, j'étais en vie.

— Elle y arrivait.

— Qui ça, encore un autre patron de crime ? demandai-je, ne blaguant qu'à moitié.

— Mouais. Manny, répondit-elle.

— Ton Manny ?

Elle acquiesça.

— Manny et elle se sont passé la bague au doigt, et cette fois c'était pour de vrai.

— Mais Manny et toi…

— Une comédie. Je savais que Manny avait secrètement épousé Carla, mais il ne savait pas que j'étais au courant. Il n'en sait toujours rien.

— Tu n'es pas jalouse ?

La Tante Pearl haussa les épaules.

— Pas vraiment. Je voulais juste une aventure. Pas d'engagement hasardeux.

Je me recouvris les oreilles, ne désirant pas entendre plus de détails. Des images arrivaient déjà, non désirées, dans ma tête.

— Mais pourquoi Carla était-elle tellement pressée de se remarier ? Elle est restée célibataire durant des décennies.

— Vous, les gosses, vous croyez qu'il n'y a que vous qui aimez la romance ? Carla était tout à fait mature, mais elle n'était pas trop vieille pour s'amuser de temps en temps, soupira la Tante Pearl. C'est ça le problème. Elle s'est retrouvée emportée par la passion et a oublié d'établir un contrat de mariage. Ainsi sa mort signifie que tout va à Manny La Manna. Y compris cet hôtel.

Le jouet de Carla devenait d'un coup bien plus riche.

— Alors Manny a dû la tuer.

— Peut-être. Honnêtement, je ne sais que penser, dit-elle. Je ne dirais pas que c'est impossible de sa part, pourtant. Son patrimoine valait probablement environ cinquante milliards. Et puis il y a toutes les succursales

Racatelli qu'elle contrôlait, murmura-t-elle, les yeux s'embuant de larmes. Carla serait épouvantée de toutes ces luttes.

— Appelons la police et laissons-les s'en charger. Raconte-leur tes soupçons.

La Tante Pearl secoua la tête avec insistance.

— Pas moyen. On ne peut pas les inclure là dedans parce que Carla avait beaucoup d'affaires illégales en cours. On ne peut pas dire à Ruby non plus. Elle n'aime pas ce monde de la pègre dans lequel opèrent les Racatelli.

— Bien sûr qu'on est obligés de lui dire.

Je doutais que Maman ne sache rien des affaires de Carla. Elle était juste trop polie pour en dire quoi que ce soit.

Ce qui était sûr, c'était que la Tante Pearl était plus en danger qu'elle ne le réalisait.

La mort de Carla changeait plus que le futur de Rocco ou de Manny. Cela remettait aussi en question d'implication de la Tante Pearl avec Manny. Et les affaires que Christophe avait à se trouver dans notre suite.

CHAPITRE 24

Tante Pearl et moi étions assises sur le canapé, pendant que Maman roupillait tranquillement de l'autre côté. Wilt était à quelques mètres de nous, sur un petit bureau. Il était recroquevillé, la tête entre les mains, dépité. Si j'avais pu, j'aurais utilisé un sort de rebobinage pour l'aider à se sentir mieux. Mais ça n'aurait rien arrangé. Jimmy reviendrait quand même le voir pour récupérer ses pertes au poker.

Christophe était retourné à la suite quelques minutes auparavant, faisant comme si la scène des funérailles n'avait jamais eu lieu. Il était allé directement à la cuisine, ce qui m'allait très bien.

Après quelques minutes de claquement de placards et de cliquètements de plats, il en émergea avec un plateau d'en-cas qu'il posa sur la table basse face à nous.

— Quelqu'un a faim ?

Je n'étais pas très bonne pour les discussions plates déjà à mon mieux, et discuter de tout et de rien avec l'un des sbires de Manny La Manna me mettait mal à l'aise. J'avais tellement peur de dire quelque chose qui n'irait pas, que je me contentais de grommeler un merci et de piquer un morceau de fromage.

— Quelle heure est-il ? demanda Maman en s'asseyant progressivement et en jetant un œil endormi autour de la suite.

Puis elle se leva, oubliant sa cheville endolorie. Elle se laissa à nouveau choir sur le sofa, une grimace de douleur sur le visage.

— J'aimerais pouvoir retourner à la piscine. C'est tellement relaxant.

— Je ne crois pas que ce soit une bonne idée, Maman.

— Laissez-moi m'en charger, dit Christophe.

Il la souleva dans ses bras comme un héros de roman d'amour et la porta vers un divan à l'air confortable près de la fenêtre. Il la reposa doucement et lui donna une serviette blanche pelucheuse.

— Vous pouvez au moins admirer la vue d'ici.

Maman gloussa, clairement ravie des petites attentions de Christophe.

— Je crois que je vais bien. Peut-être juste un peu endolorie à cause de la chute.

Les fossettes de Christophe se creusèrent sous son sourire. Il faisait comme si rien d'inhabituel ne s'était produit.

— Puis-je offrir à ces dames une boisson ? Vous devez être fatiguées avec toutes ces funérailles.

Il adressa un clin d'œil à Maman. Elle rougit.

— Pourquoi pas ?

Je suivis la Tante Pearl au canapé, gardant ma voix basse.

— Pourquoi continue-t-il à jouer au majordome ? Il sait qu'on l'a vu avec Manny.

— Chuut, fit la Tante Pearl en posant un doigt sur ses lèvres.

Christophe nous ignora et garda son regard sur Maman.

— Je vais vous chercher de la glace pour votre cheville.

— Du cosmo pour moi, Chris, l'interpella la Tante Pearl quand il se dirigea vers la cuisine. Ramenez-nous du vin blanc pour Ruby.

Maman resta silencieuse, ce que je pris comme un accord.

— Juste de l'eau pour moi. Il n'est même pas cinq heures de l'après-midi ! protestai-je.

— On est à l'heure de Vegas, Cen. Cette ville ne dort jamais et tu ne devrais pas non plus. Lâche du lest, fit la Tante Pearl en passant une main dans ses cheveux gris. Fais ton âge, pour une fois.

Christophe disparut au tournant et réapparut en ce qui parut n'être que quelques secondes avec un grand plateau chargé de boissons fraîches et plusieurs assiettes de fromages, de tartes savoureuses, et de biscuits. Il me tendit un verre de vin blanc très frais.

— Je me suis permis de vous choisir un très sympathique Chardonnay de Sonoma Valley, Cendrine. Comme Pearl et Ruby s'offrent de l'alcool, j'ai pensé que vous en voudriez vous aussi.

Ma volonté faiblit. J'acceptai le vin du plateau de Christophe et bus une gorgée. Ce Chardonnay était doux sur ma langue et mit en marche mon appétit. Je grignotai un morceau de fromage et fus accablée d'épuisement. J'étais trop éreintée pour me préoccuper de quoi que ce soit désormais. Nous avions roulé toute la nuit pour arriver ici, pour subir une fusillade, des paris de gangsters, et un meurtre. Je n'avais plus dormi depuis près de vingt-quatre heures, et je n'avais plus l'énergie pour protester face aux idées de la Tante Pearl, ou même pour garder un œil sur Christophe.

— Vous êtes bien rapide, Chris, dit Tante Pearl amusée en tombant son Cosmo et en reposant durement son verre vide sur la table basse. Vous utilisez de la magie ?

Je m'étranglai en pleine gorgée, et répandis du Chardonnay partout sur mes vêtements. Je me repris et lançai un regard noir à ma tante, furieuse de sa référence au surnaturel.

Si Christophe s'en trouvait offensé, il ne le laissa pas paraître.

— Secret professionnel. Je peux aussi vous trouver une table en ville si tel est votre souhait.

Il resta à attendre là nos instructions. Peut-être qu'il n'était pas un gangster, après tout.

— Je le souhaite, en effet, Chris ! s'exclama Tante Pearl en bondissant d'excitation. Mais je crois qu'on va plutôt rester ici pour dîner. Surprenez-nous, non ?

— Parfait. Je vais filer prendre quelques petites choses pour le dîner, indiqua Christophe avant de sortir dans le vestibule, repérable à la trace grâce aux semelles en caoutchouc de ses chaussures qui couinaient sur le sol de marbre.

J'attendis que les portes de l'ascenseur se referment et me tournai vers ma tante.

— S'il travaille vraiment pour Manny, on n'a pas intérêt à ce qu'il revienne.

Maman prit une gorgée et remit son peignoir blanc pelucheux autour d'elle, sourde à notre dilemme.

— Très bien, on n'a qu'à condamner la porte, dit la Tante Pearl en hochant lentement la tête. Je connais une façon dont tu pourrais te servir pour l'empêcher de revenir.

— Peu importe ce dont il s'agit, je le ferai. Comment ?

La Tante Pearl sourit.

— Un sort de protection autour du périmètre. T'es-tu entraînée à celui-là ? Ou est-ce que tu étais trop occupée ?

Elle savait aussi que je ne m'étais pas entraînée, et voilà qu'elle allait me faire payer pour cette transgression. Encore une fois.

— Tu ne peux pas…

— Non, Cen. Il faut que tu te débrouilles toute seule.

— On est dans une situation grave, là. Tu ne peux pas faire une exception pour une fois ?

Elle me fit non d'un geste de la main.

— Quelle meilleure façon d'apprendre ? Au moins maintenant tu es motivée.

Je soupirai.

— Ton amour vache nous met vraiment dans le pétrin. Fais-le au moins pour Maman.

— Tu t'inquiètes trop, Cen. Profite de cette suite, parce que tu ne logeras probablement plus jamais dans un endroit comme celui-ci.

— On pourrait dormir dans le camping-car, dis-je.

La Tante Pearl fit non du doigt.

— Tu te sens plus en sécurité dans une boîte de conserve sur un parking ? Pas très intelligent quand la pègre est après toi.

Elle marquait un point, et il était trop tard pour accomplir quoi que ce soit ce soir.

— Passons ici la nuit. On n'aura qu'à rester et partir demain.

— Ne t'attends pas à me voir poireauter ici. C'est Las Vegas, choupinette. Je vais en bas au casino. Tu veux me rejoindre ?

Je secouai la tête, seulement pour m'apercevoir que la Tante Pearl avait déjà disparu en haut de l'escalier en spirale menant aux chambres.

Peut-être qu'elle avait raison de tirer le mieux de cette mauvaise situation, mais ma seule envie était d'aller au lit. La soi-disant mission de la Tante Pearl ne me semblait plus si grave.

Maintenant que les funérailles étaient finies, plus grand-chose d'autre ne pourrait se produire avant qu'on parte demain. Qu'est-ce qui pourrait aller de travers ?

Je pris une autre gorgée et jetai un œil à Maman, qui s'était rendormie. Elle ronflait doucement sur le divan. Je m'approchai et enlevai avec précaution le verre vide de sa main et le plaçait sur une table de côté. Je rajustai les oreillers soulevant sa cheville enflée et sentis mes yeux s'alourdir.

Le manque d'éveil de Maman et mon manque de talent en magie nous laissaient pratiquement sans défense, et Tante Pearl en avait bien conscience. Pourtant, elle ne nous laisserait pas rester ici si on était vraiment en danger. Malgré tous les problèmes qu'elle causait, elle était loyale et protectrice.

Mais peut-être qu'elle avait raison. Quitte à être coupée du monde, de bien pires cages existaient que celle-ci, entourée par le luxe et servie au doigt et à l'œil. Ce fut ma dernière pensée avant que le sommeil ne me prenne.

CHAPITRE 25

Je me réveillai d'un coup sur le canapé, désorientée. À en juger par la lumière du dehors, on était au crépuscule. J'avais dû m'endormir.

Je levai la tête vers la direction d'un bruit qui résonnait.

Bong.

Bong, bong, bong.

Je ne me souvenais pas de m'être endormie, même si j'avais dû, parce que je me sentais complètement paumée. J'avais aussi un sacré mal de tête qui me cognait dans le cerveau, même si je ne me souvenais que d'avoir bu quelques gorgées de vin. L'alcool, combiné à la déshydratation et le trop de soleil des funérailles, m'avait tuée.

La carte électronique de l'hôtel qui servait de clé était encore dans ma main et je réalisai en panique que je n'avais plus appelé Tyler depuis le retour des funérailles. C'était cette histoire stupide de sortilège de Rocco. La moitié du temps je n'arrivais plus à penser clair, et le reste à vérifier ce que faisait la Tante Pearl.

Encore une promesse brisée.

Bong, bong.

Toute chance que j'avais eue avec l'homme sur qui j'avais des vues depuis des mois maintenant s'était probablement évanouie. Tout à cause de ma tante, ses agissements et son kidnapping.

J'étais maintenant convaincue qu'elle savait pour nos rencards depuis le début. Elle aurait fait n'importe quoi pour le faire partir de Westwick Corners, y compris saboter notre relation naissante. L'affaire Racatelli n'était qu'une excuse bien pratique.

Bong, bong.

L'aversion qu'avait la Tante Pearl pour Tyler n'avait rien de personnel. Elle le trouvait juste frustrant, parce qu'elle avait rencontré à sa hauteur. Il était le seul shérif qu'elle ne pouvait faire fuir la ville. Elle m'avait probablement kidnappée à dessein pour déjouer toute chance de liaison entre nous.

Bong.

Comme mes yeux s'ajustaient progressivement aux ténèbres, je tournai les yeux en direction de ce bruit. Mon regard monta tout en haut de l'escalier en spirale et vint se reposer sur une paire de talons aiguilles attachée à des jambes bien proportionnées.

— Yoho ! Alors, j'ai l'air de quoi ? claironna la voix de la Tante Pearl vers le haut plafond tandis que sa main manucurée se tenait à la rambarde, et qu'elle descendait.

De mon canapé en contrebas, je ne vis que le bas d'une robe de soirée à sequin écarlate, luisant sous la lumière des halogènes.

Je me levai d'un bond et jurai sous cape. Ma brève humeur égayée d'un peu plus tôt s'était évanouie. Ce n'était pas du tout la Tante Pearl. C'était Carolyn Conroe.

— Tu ne peux pas nous sortir ta Carolyn ici !

Carolyn Conroe était l'alter ego de la Tante Pearl, un clone magique de Marilyn Monroe en lequel se transformait ma tante quand elle voulait s'amuser. Carolyn était encore plus téméraire que la Tante Pearl, avec un côté déviant imprédictible. La simple idée d'une Carolyn rôdant hors de contrôle à Las Vegas me terrifiait.

— Pourquoi pas ? Carolyn adore encore plus Vegas que moi.

Une fente dans la robe, remontant jusqu'aux cuisses, dévoila une paire de jambes parfaites dont se servait Tante Pearl… Ou plutôt Carolyn… Pour descendre les escaliers, d'un pas toutefois lent et raide dans de tels talons avec des hauteurs impossibles.

La jeunesse de Carolyn n'était que superficielle ; elle avait toujours besoin des jambes arthritiques de la Tante Pearl pour se déplacer. Même la sorcellerie ne pouvait couvrir toutes les bases.

— Ce qui se passe à Vegas, reste à Vegas, dit-elle avant de s'arrêter à quelques marches au-dessus du sol et de m'adresser un clin d'œil. Projet *Vegas Vendetta*, phase deux.

— Et Christophe ? Tu ne peux pas te permettre de nous faire tes magouilles habituelles avec lui dans les parages. Il ne doit pas découvrir que nous sommes des sorcières.

Je ne savais absolument pas quand il comptait rentrer. Comme nous n'étions arrivées que ce matin, je ne savais pas s'il était un majordome à domicile ou s'il rentrait chez lui à la fin de sa journée.

La Tante Pearl secoua la tête en atteignant le bas de l'escalier.

— Qui se soucie de lui ? On ne le reverra plus jamais après ce week-end. S'il voit Carolyn, dis-lui que c'est une de tes amies.

Comme si j'avais le choix.

— Et Wilt ?

— Wilt est tellement obsédé par les paris qu'il ne remarquera rien. Arrête de t'inquiéter des autres, Cen. Je te jure !

Carolyn s'empara d'une pochette argentée sur la table basse et l'ouvrit en se rendant au vestibule. Elle fit une bouche en cul de poule et y appliqua un rouge à lèvres écarlate.

— Je dois filer.

L'humeur joyeuse de la Tante Pearl me semblait vraiment déplacée pour quelqu'un en deuil d'une de ses amies récemment défuntes. Je jetai un œil derrière moi sur le canapé, où était toujours endormie Maman, ne faisant pas attention à notre conversation.

— Je vois que tu fais toujours ton deuil.

— Carla adorerait mon déguisement, me rétorqua-t-elle. Mais ne t'inquiète pas, je ferais mon deuil de retour à ma personnalité normale. Mais pour le moment je dois me détendre un peu au casino d'abord.

— Reviens à la normale avant que quelqu'un te voie, sifflai-je.

Ma tête m'élançait, comme une mauvaise gueule de bois. Je jetai un œil à mon verre de Margherita à moitié plein sur la table basse. Christophe n'était pas le seul à charger ses cocktails. Je soupçonnais la Tante Pearl d'avoir fortifié ma Margherita avec quelque chose.

— Les filles ont besoin de s'amuser, Cen. Ne sois pas aussi sinistre. Viens avec moi.

Ma tête continua à cogner même si je me levai. La Tante Pearl semblait totalement invulnérable, même si elle avait bien plus bu que moi. Je montrai Maman sur le canapé.

— Je ne peux pas laisser Maman comme ça. Ce qu'elle a bu aux funérailles l'a vraiment affectée.

Carolyn m'ignora et boitilla à la porte dans ses talons aiguilles.

— Tante Pearl ? insistai-je en bondissant définitivement hors de mon siège et en la rejoignant au vestibule. Tu pars pour combien de temps ?

— Ça dépend de ce qui se passera en bas.

— Et si Christophe revient ?

Elle leva les yeux au ciel.

— Je sais pas. Fais-lui te concocter un ou deux verres, te préparer le dîner, j'en sais rien. Occupe-le, c'est tout.

Je levai les bras en l'air d'exaspération.

— Tu ne peux pas nous laisser ici en plan ! Tu m'as piégée pour me faire venir sous de fausses excuses. J'ai déjà raté un entretien d'embauche et un rendez-vous. Je ne te suis plus dans tes âneries.

— Tout ce qu'on a fait, c'était assister à des funérailles. C'est vrai que ce n'est pas tous les jours qu'on laisse tomber le cercueil, mais, tout bien considéré, je trouve que les choses se sont plutôt bien passées.

— Tu changes le sujet, protestai-je en tapant du pied par terre. Tu as fait exprès, juste pour me ruiner mes chances d'avoir un travail normal et m'empêcher de sortir avec Tyler.

Je savais qu'elle était au courant, autant y aller franc-jeu.

— Oh Cendrine ! Arrête de te plaindre. Arrête aussi de te passionner pour cet homme. Il n'en vaut pas la peine, souffla-t-elle en plaçant les mains sur ses hanches. Pourquoi t'es-tu enquiquiné à venir, alors ?

— Tu m'as kidnappée, tu te souviens ?

Carolyn battit de ses faux cils.

— Tu en fais trois fois trop. Tout ne tourne pas toujours autour de toi.

Je m'en décrochai la mâchoire.

— Moi ? C'est toi la Dráma queen !

— C'est pas faux. Tu n'as pas tort, sourit-elle. Peut-être qu'il vaudrait mieux que tu rentres à Westwick Corners après tout. On en discutera quand je rentrerai.

— Tu vas m'aider avec un sort ? demandai-je, mon humeur s'illumina à cette idée.

Un peu d'aide magique de Tante Pearl et je pourrais me téléporter chez moi en quelques minutes. Je pourrais retourner à mon propre lit ce soir.

— Pourquoi ne t'entraînerais-tu pas un petit peu à ta magie, et on voit ce qu'on fait à mon retour ?

— Pourquoi est-ce qu'on ne pourrait pas le faire tout de suite ?

Carolyn tapa sa montre.

— Désolée, pas le temps. Peut-être plus tard. Il y a des trucs dont je dois m'occuper avant qu'il ne soit trop tard.

Mes épaules s'abattirent de déception en la regardant partir. Je retournai à pas feutrés dans le living-room, songeant qu'au pire des cas, je pourrais attraper un avion pour rentrer. Peut-être pas ce soir, mais demain au matin. Je n'aurais qu'à emprunter la carte de crédit de Maman et la rembourser plus tard. Je pourrais être chez moi dans quelques heures.

Je m'égayai en repérant l'ordinateur portable de Maman sur la table à manger et l'ouvris d'un trait. Mes espoirs s'évanouirent rapidement en découvrant que la suite n'avait pas internet. Ça avait probablement à voir avec la règle du « pas de téléphone ». On devait au moins avoir du wifi dans le lobby. Peut-être même un tour opératoire qui pourrait me prendre un vol de retour.

Je me sentis mieux en réalisant aussi qu'elle avait un majordome à disposition. Christophe reviendrait bientôt et pourrait lui procurer tout ce dont elle aurait besoin durant ma courte absence. Qu'il travaille pour Manny ou non, il semblait nous traiter toutes, et surtout Maman, très bien.

Sauf avec ses cocktails de la mort, me rappelai-je.

Ce n'était pas terrible de laisser Maman ici, mais l'idée de laisser la Tante Pearl vaquer à ses propres occupations était bien pire.

Je gribouillai une note et la laissai sur la petite table au cas où Maman se réveillerait, puis filai au casino.

CHAPITRE 26

Je n'allais pas bien loin avant de tomber sur Rocco au bar. Il occupait la même table qu'avant, assis avec le dos au mur, ce qui lui donnait un bon angle de vue sur toutes les allées et venues du lobby. Ce qui m'incluait. Il me croisa du regard et me fit signe de venir.

Mon pouls s'accéléra quand mes yeux rencontrèrent les siens. Ensorcelée ou non, mon attirance envers lui me dépassait. À en juger son regard, c'était mutuel. Malgré le fait qu'il ne s'agisse que d'une tromperie de la part de Tante Pearl, j'étais impuissante à la combattre.

— Cen… Il faut qu'on parle, fit-il en faisant signe de m'asseoir.

Ce que je fis, apercevant les deux mêmes voyous qu'auparavant assis à la table d'à côté. Ça avait un air de déjà vu, même si cela était logique en y réfléchissant un peu. En tant que patron de l'hôtel, Rocco avait sa propre table réservée en permanence.

Rocco bascula son verre et se rapprocha.

— La mort de Grand-mère n'était pas un accident. Elle avait plein d'ennemis, des gens qui ont assez d'influence pour arrêter une enquête. Le problème c'est que la police est corrompue.

Impossible de ne pas remarquer combien c'était ironique d'entendre un criminel se plaindre des ripoux.

— Par qui ?

— Par l'Oncle Manny. Je pense qu'il est derrière la mort de Grand-Mère, dit-il, en devenant de plus en plus pensif. On n'est pas à proprement parler liés par le sang, mais avant que cette guerre de territoire ne commence, nos familles étaient pas mal proches. Avec la hausse des ambitions de l'Oncle Manny, tout a changé. Cela a créé un fossé entre nos familles. C'est une chose de se battre pour le territoire, mais je ne me serais jamais attendu à le voir tuer pour ça.

C'était exactement ce que faisaient les familles criminelles, de ce que j'en savais. Rocco était de toute évidence dans le déni total. Je ne savais pas dans quels trafics trempaient exactement les Racatelli, et je ne voulais pas le savoir non plus. Mais que j'en aie envie ou non, la Tante Pearl m'avait déjà impliquée dans tout ça.

— Carla connaissait de toute évidence les risques que comprenaient ses activités criminelles.

Rocco acquiesça.

— Oui, mais elle voulait juste se faire un peu plus d'argent pour avoir une retraite confortable. Pour elle et pour moi, puisque je voulais sortir du business familial moi aussi. Je voulais garder l'hôtel et les autres investissements, mais me débarrasser des plus sinistres trafics subsidiaires et foncer droit devant. Grand-Mère a essayé de faire un deal avec Manny, pour qu'on puisse revenir du bon côté de la loi. Mais il voulait plus. Dans ce milieu, il n'y a qu'une seule façon de s'en sortir. Dans un corbillard.

Rocco n'avait pas parlé du mariage secret de Carla et de Manny, alors je ne savais pas trop s'il était au courant. Si ce n'était pas le cas, je n'avais aucune envie de lui annoncer la nouvelle moi.

— Tu crois que Manny serait responsable de la mort de Carla ? demandai-je, songeant que certes les circonstances de sa mort étaient louches, mais elles ne désignaient pas nécessairement Manny. Est-ce qu'il a un alibi ?

— Il dit qu'il était au casino, mais j'ai revu toutes les caméras de surveillance et il n'y a pas signe de lui. Et pourtant, il a tout un tas de témoins qui disent qu'il était en train de faire une partie de poker avec des hautes mises en plus. Selon mes enregistrements, ils mentent.

— Tu as dit tout ça à la police ?

— Bien sûr, mais ils n'ont pas pris ça au sérieux. Ils croient toujours que ce n'était qu'un accident alors ils n'enquêtent même pas.

Je me rappelai soudain du rapport d'autopsie que j'avais laissé traîner sur la table basse en haut. Et si Christophe retournait à la suite et le découvrait ?

Je me levai.

— Ça pose un problème. Je dois y aller, Rocco.

— Non… attends ! protesta-t-il en m'attrapant le poignet, mais en le lâchant tout aussi vite. Je pense que je peux réussir à leur faire rouvrir l'enquête.

— C'est génial, dis-je en reculant.

— Oui et non. S'ils enquêtent et doivent accuser de meurtre quelqu'un, c'est moi qu'ils arrêteront plutôt que Manny. Je n'ai pas d'alibi, et la mort de Grand-Mère me réussirait beaucoup. J'hériterais de tout.

Je secouais la tête. Ce pauvre Rocco ne savait vraiment rien.

— Ça ne suffit pas. Ils ont besoin de preuves contre toi.

— Apparemment ils ont déjà quelque chose, ou en tout cas un motif.

— Contre toi ? Mais pourquoi…

— Ils diront que j'en ai eu assez d'attendre que Grand-Mère parte à la retraite. Non seulement ça, mais en plus sa chute m'avantagerait. C'est vrai, j'hériterai de tout, mais elle me partageait déjà tout. Je ne connais pas le business comme elle, et la dernière chose que je souhaitais… et même d'un point de vue professionnel… c'était bien sa mort. Je ne saurais opérer aussi bien qu'elle, pas l'ombre d'un chouïa. Mais peut-être avec ton aide… ?

Sa voix s'était brisée.

— Je suis désolée, Rocco. Je ne vois vraiment pas comment je peux t'aider. Tu as besoin d'un avocat, pas d'une journaliste de microville.

Et une journaliste inemployable, en plus. Je me levai.

— Non… Cen, attends. Regarde, je connais le secret de ta famille, comme tu connais ceux de la mienne. Tu es la seule qui puisse m'aider, Cen. Si je ne peux vaincre cette corruption, j'ai besoin d'aide pour la révéler au grand jour. Et c'est exactement le genre d'aide que tu peux m'apporter, en tant que sorcière.

Ma mâchoire se décrocha en comprenant que Rocco connaissait parfaitement l'étendue du secret de la famille West.

— Aucun sort ne te ramènera Carla, Rocco.

— Je sais, mais peut-être que tu peux m'aider autrement. À trouver une preuve que Manny ment.

— Je ne vois pas comment...

— Tu pourrais remonter le temps, retracer ses pas, et voir exactement les évènements qui ont mené au meurtre. Ensuite on pourrait anéantir son alibi d'une autre façon, et faire agir la police.

— Qu'est-ce qui te fait croire que j'en suis capable ?

— Pearl a un jour effectué un sort de rebobinage pour moi. En faveur, parce que je venais de perdre beaucoup d'argent qui n'était pas à moi. Elle m'a sauvé la vie ce jour-là.

Tante Pearl, briseuse de lois devant l'éternel.

— Pourquoi ne demandes-tu pas à Tante Pearl, alors ?

— Je ne peux pas, dit Rocco. Elle est toujours bouleversée pour Grand-Mère. Je ne veux pas lui dire comment Grand-Mère est vraiment morte. Peu importe comment.

Je me retournai à la recherche d'un signe de Carolyn Conroe, mais l'alter ego de ma tante n'était visible nulle part. Ce qui était une bonne chose d'une certaine façon, parce qu'elle n'était pas vraiment l'amie endeuillée que s'imaginait Rocco.

— J'aimerais t'aider, mais pour être franche je ne suis pas une très bonne sorcière. Et certainement pas avec les sorts de rebobinage. C'est une forme de magie sacrément avancée.

Techniquement, je pouvais lancer ce sort, mais bien des choses pouvaient mal se passer. Ça me semblait être une très mauvaise idée de mélanger la magie aux gangsters. En vérité, ça me faisait presque mourir de trouille. Si je m'en sortais bien, Rocco voudrait répéter ces faveurs. Et si j'échouais, qui savait les répercussions ?

— J'ai foi en toi, Cen. En fait, tu es la seule en qui je peux avoir confiance pour le moment.

CHAPITRE 27

Je quittai le bar après avoir convaincu Rocco de d'abord appeler un avocat et ensuite rendre une visite au médecin légiste.

Peut-être qu'il pourrait extirper la vérité de la part de la médecin légiste. J'espérais qu'il puisse dévoiler la vérité lui-même, sans avoir recours à des mesures extrêmes. Si seulement il pouvait récupérer une copie de ce rapport d'autopsie de façon légitime, ça nous aiderait tous les deux. Ça valait le coup d'essayer.

S'il ne pouvait avoir de réponses, il pouvait toujours demander à faire exhumer le corps de Carla pour une seconde autopsie, mais c'était une chose à laquelle je ne voulais même pas penser.

Le diagnostic de mort par noyade était très troublant. Je repensais au fiasco du cercueil. Mis à part le manque d'eau dans les poumons de Carla, son expression sereine était un indice révélateur de la tromperie. Les victimes de noyade étaient rarement sans expression. Leurs expressions faciales étaient inévitablement figées dans la terreur et de désespoirs, restées telles qu'au moment, où elles réalisaient qu'elles venaient de perdre le dernier combat de leur vie.

Soudainement je me sentis très triste. Peu importe ce qu'avait fait Carla dans sa vie, ça ne méritait pas de se finir ainsi. J'étais aussi désolée pour ma tante qui avait perdu son amie de longue date, même si elle choisissait des façons inappropriées pour exprimer sa tristesse.

Et puis mes étranges sentiments pour Rocco me troublaient. Je n'avais jamais été attirée par lui, et pourtant je me surprenais à penser à lui constamment. À peu près autant qu'à Tyler, en fait.

Tyler.

Il m'avait prévenue de ne pas m'impliquer, et il avait raison. J'aurais dû juste me contenter de monter l'escalier, de profiter de notre suite luxueuse, et de veiller sur Maman jusqu'à son réveil. La promesse de Tante Pearl de me ramener à la maison ne venait certainement pas conditions, mais pour le moment, c'était ma seule option viable.

J'avançai dans le brouillard, essayant toujours de décider si mieux valait traquer Tante Pearl et la sortir du pétrin dans lequel elle avait dû se fourrer, ou juste retourner en haut dans notre suite. J'étais déchirée. Et bientôt je me retrouvai à quelques mètres des ascenseurs du lobby où une foule s'était rassemblée.

Je levai le cou pour essayer de mieux voir la source de toute cette excitation. Les sifflets et murmures excités de la foule me firent deviner qu'une rock star ou qu'un membre du gratin d'Hollywood était parmi nous. Je me demandai qui faisait un show sur la scène ce soir.

Une étincelle à base de sequin rouge et de longs cheveux blonds attira mon œil et j'eus un mauvais pressentiment.

Mes craintes se confirmèrent comme la Tante Pearl… ou plutôt son alter ego, Carolyn Conroe… arriva dans mon angle de vue. Elle faisait tourner un collier de strass autour de ses doigts en chantant d'une voix sensuelle *Diamonds Are a Girl's Best Friend.*

— Qui c'est ? demanda une adolescente en me tendant son téléphone et en le pointant vers sa mère et elle. Vous voudriez bien prendre une photo de nous ?

Super. Non seulement Tante Pearl s'était transformée en son truc Carolyn Conroe machin chose, mais elle s'exhibait à mort, en faisant semblant d'être une célébrité en plus. Je pris quelques photos de la fille et de sa mère posant à côté d'une Carolyn dévoilant un immense sourire avant de leur rendre le téléphone de la fille.

Je jetai un regard noir à Carolyn, agacée autant par son fan-club que par ma pitié mal placée. Elle semblait absolument insensible aux évènements autour de nous. Au lieu de cela, elle semblait juste sortir pour s'amuser et c'est tout.

Carolyn envoya un clin d'œil coquin à la cantonade.

Je fermais ma main en pince autour du bras de Carolyn et l'emmenai loin de la foule.

— Il faut qu'on parle.

— Oh grands dieux, tu ne t'amuses jamais ? jura Carolyn sous cape. Ce qui se passe à Vegas reste à Vegas, tu le sais, non ?

Je l'ignorai et empoignai plus fermement son bras.

— On va à l'étage, tout de suite !

— Attends, Cen. On ne peut pas partir sans Wilt. Je crois qu'il a des ennuis, grimaça Carolyn.

Son expression semblait sincère, même si je savais que je ferais mieux de ne pas la croire. Elle me piégeait tout le temps.

— Il est grand. Il peut se débrouiller tout seul.

Je trouvais franchement déplacé que ma tante, supposément en deuil, se montre si désinvolte avec sa sorcellerie, à se transformer en Carolyn et à s'attirer toutes sortes d'attentions indésirables.

Carolyn fit non de la tête.

— Pas vraiment. C'est un parieur compulsif. Je n'aurais jamais dû l'amener ici.

— Il y a beaucoup de choses que tu n'aurais pas dû faire, la grondai-je. Comme m'emmener ici contre ma volonté.

Un petit sourire se dessina sur les lèvres de Carolyn.

— Tout ce dont tu as besoin, c'est de t'amuser un peu. Laisse-moi d'abord trouver Wilt, et ensuite on monte.

* * *

QUELQUES MINUTES PLUS TARD, on trouva Wilt à une table de poker. Même à six mètres, cela se voyait qu'il était dans le pétrin. Son teint normalement pâle était rouge écarlate et il suait à profusion.

— Il n'a pas vraiment une tête de bon joueur de poker, hein ?

— Ça n'a pas d'importance. Ce qui compte, c'est d'avoir une bonne main, dit Carolyn en chassant mon souci d'un geste de la main. Occupe-toi de tes oignons et laisse Wilt s'amuser.

S'amuser, ce n'était clairement pas ce qu'expérimentait Wilt, même si son visage s'illumina considérablement en remarquant Carolyn. Cela me rendit instantanément suspicieuse.

— Tu aides Wilt à gagner, hein ?

— Peut-être un peu, m'indiqua Carolyn en envoyant un petit sourire et en dévoilant un petit bout de jambe également au bénéfice des trois autres hommes de la table de Wilt, qui la déshabillèrent du regard en retour. Je les distrayais tous tellement, ça aurait été une opportunité gâchée de ne pas en profiter.

— Tu sais que ce n'est pas bien, Tante Pearl, fis-je en secouant la tête. Ça va à l'encontre des lois de la WICCA de se servir de la magie pour se faire de l'argent.

Les lois étaient particulièrement claires sur l'usage de la magie pour l'enrichissement personnel. Conjurer de l'argent était strictement interdit. Bien que je n'étais pas au courant de quelconques règles spécifiques aux paris, j'étais pratiquement sûre que les mêmes règles s'appliquaient ici. Certes, la Tante Pearl n'imprimait pas de billets de banque, mais ce qu'elle faisait ne s'en éloignait pas beaucoup.

Ma tante leva les yeux au ciel.

— Je connais les lois, Cen. Qui a dit que j'utilisais de la magie ? Je n'en ai pas besoin. Juste de bases d'arithmétiques.

— Tu as compté les cartes ? demandai-je, ébahie.

Le casino avait sûrement des caméras partout. Connaissant ma tante, elle l'avait sûrement fait sans aucune discrétion.

— Quelque chose du genre, dit Carolyn en se penchant un peu plus sur la table où elle attira immédiatement l'attention d'un baraqué.

Son épais bracelet d'or s'enfonçait dans son poignet bien charnu pendant qu'il s'éventait avec ses cartes, une véritable caricature basanée sortie tout droit d'un film de gangsters. Son expression suffisante indiquait deux possibilités : ou il bluffait, ou sa main allait écraser celle de Wilt. L'autre se reposait sur sa cuisse, près de son holster.

— C'est plutôt marrant de tromper ces renards de gangsters. Ils se croient plus futés que le reste du monde. Tu devrais essayer.

Carolyn rajusta ses cheveux blonds d'un geste ample totalement exagéré en se pavanant autour de la table.

Compter les cartes c'était déjà bien assez nul, mais en plus jeter un œil aux mains des adversaires de Wilt était de la tricherie de la pire espèce. J'attrapai le bras de Carolyn et la tirai en arrière avant de mettre derrière Wilt, quelques pas derrière lui.

— Ça ne va pas rester drôle bien longtemps. Wilt ne peut se permettre de parier comme ça avec un salaire minimum, dis-je, la croisant du regard tandis que Wilt poussait une pile de jetons de cinquante dollars vers le centre de la table, baissant ma voix. Il est sérieusement dans le pétrin.

Je m'y connaissais très peu en poker, mais même moi je voyais qu'il avait une main pourrie. Aucune figure, et même pas une paire de petits nombres. C'était un très mauvais bluffeur avec aucune chance de gagner. Qu'il dépense son propre argent ou une partie du butin de la Tante Pearl du loto, il ne tiendrait plus longtemps.

Carolyn m'ignora.

Je me rapprochai de la table.

— Wilt, finissez votre main et on y va.

Il se détourna pendant une demi-seconde, juste assez pour me foudroyer du regard.

— Fichez-moi la paix. Vous me gâchez ma concentration.

Tante Pearl, toujours déguisée en Carolyn Conroe, jura sous cape.

— Tu l'as entendue. Occupe-toi de tes oignons, Cendrine.

Je grinçai des dents.

— Concentre-toi, Tante Pearl. Souviens-toi pourquoi on est ici.

— Vous vous connaissez toutes les deux ? demanda Wilt ébahi dont les sourcils s'écarquillèrent de surprise.

J'acquiesçai, agacée de devoir couvrir la double identité de ma tante.

— Le monde est petit, commenta Wilt en se retournant vers la table avec sa main pathétique.

— Plus que vous l'imaginez…

Bien que je fus soulagée que Wilt n'eût aucune idée que Carolyn soit en réalité la Tante Pearl, et sorcière de surcroît, ses bêtises m'ennuyaient profondément. Wilt était de toute évidence attiré par l'alter ego de la Tante Pearl, et Carolyn lui faisait croire que ses sentiments étaient réciproques.

Je me retournai vers Carolyn.

— Je fais ça pour son bien, Tante Pearl.

— Chut… Ne m'appelle pas comme ça.

— Tu as dit qu'il avait un problème de jeu.

— J'ai dit ça ? Je ne me souviens pas.

— Tu devrais le savoir mieux que quiconque, râlai-je en ravalant ma respiration comme les parieurs autour de la table s'alignaient et montaient la mise de Wilt.

Argumenter était inutile. Cela ne faisait que prolonger l'horrible train des évènements se déroulant sous nos yeux.

Carolyn vint derrière Wilt et posa une main sur son épaule.

Wilt lui jeta un coup d'œil en retour et sourit, clairement attiré. Il se la racontait même un peu pour sa nouvelle amie, ce qui rendait son jeu encore plus imprudent. L'évidence était que Wilt n'avait jamais reçu que peu d'attention de la part des femmes, et encore moins d'une bombe comme Carolyn. Il se délectait de son attention et de celle de ses envieux d'adversaires.

Carolyn avait attiré l'attention des trois autres hommes de la table, qui la mataient tous copieusement.

— Je suis, déclara Mister Gangster en abattant ses cartes sur la table avec un grand sourire.

Un Full House, trois as, et une paire de dix.

J'empoignai Carolyn par le bras.

— Wilt se fait annihiler. Fais-le s'arrêter, tout de suite.

Impossible de continuer à regarder ce désastre au ralenti qui se produisait devant mes yeux.

— Tu veux que je l'interrompe avant même qu'il ait eu sa chance de récupérer son argent ? me demanda-t-elle en battant des cils en fausse innocence.

— Oui.

Elle haussa les épaules, attira l'attention du dealer et lui envoya un clin d'œil.

Il lui sourit en retour, captivé.

Avant que je ne puisse ajouter un seul mot, tout le monde à la table fut ensorcelé par elle.

Littéralement.

Carolyn Conroe venait de tous les mettre sous un sort de rembobinage. Une demi-seconde plus tard, la même scène se déroula sous nos yeux. Sauf que cette fois, Wilt avait une paire d'as.

— Tante Pearl ! m'exclamai-je en lui attrapant le bras. C'est pire que de compter les cartes ! Ramène-tout à la normale.

— Oh non, mademoiselle. Tu ne te plaignais pas tout à l'heure quand tu me suppliais de t'aider avec tes sorts.

— Mais mon sort c'était juste pour rentrer à la maison. Ça ne ruinait financièrement personne.

— Ceux qui parient tentent leur chance.

Je croisai les bras.

— C'est injuste ce que tu fais. Enlève tout de suite tes changements ou je te signale à la WICCA. Tu connais les lois.

Une telle tricherie suffirait à se faire bannir à vie sur-le-champ. Aucune sorcière qui se respecte ne risquerait de perdre ses pouvoirs.

— Tu trahirais ta propre tante ? s'offusqua Carolyn en croisant les bras, avant de ricaner. Et pour quoi ? Ce n'est pas tricher, Cen. Je n'ai fait que ramener Wilt à un point précédent du temps. Tous ses choix se font grâce à son libre arbitre.

— Mais il choisira différemment cette fois, protestai-je. On lui a donné des cartes différentes.

— C'est le hasard.

— Tu ne peux pas remonter dans le temps encore et encore jusqu'à obtenir la vie que tu veux, dis-je. Ça ne fonctionne pas comme ça.

— Tu te trompes, Cen. C'est exactement comme ça que ça marche, la vie.

CHAPITRE 28

Wilt se leva de la table et réunit ses jetons. Tante Pearl et moi, on le suivit tandis qu'il se dirigeait vers la sortie et le lobby d'hôtel. Je sentais beaucoup d'yeux sur nous. Ou plutôt sur Carolyn, comme à chaque pas elle dévoilait ses jambes et un peu plus de son décolleté. On eut à peine fait six mètres que Wilt s'arrêta, fasciné par une rangée de machines à sous. Il semblait nous ignorer totalement. C'était comme s'il était en transe.

— Wilt.

Je fis un pas face à lui, mais ses yeux vitreux me traversèrent, allant aux machines. Il récupéra des jetons de casino de sa poche et s'assit à la première machine.

Où il les inséra, un par un.

— Arrête-le, Tante Pearl ! Wilt ne peut pas se permettre ça.

Une demi-douzaine d'hommes saouls d'entre vingt et trente ans nous avaient suivis depuis le casino. Ils s'arrêtèrent à trois mètres de nous, en chuchotant entre eux tout en continuant à nous mater. À en juger par leurs chemises hawaïennes et chapeaux de paille ridicules, ils faisaient un enterrement de vie de garçon.

— Certes, il ne peut pas, mais moi oui, dit la Tante Pearl. Il joue pour moi.

Je secouai la tête.

— Je me fiche de qui paie. Tu ne fais qu'aggraver son addiction au jeu.

J'avais du mal à voir comment ses gains au loto justifiaient de ruiner la vie d'un homme.

Notre fan-club se referma autour de nous en demi-cercle. De ce que je comprenais de leurs balbutiements d'ivrognes, ils concevaient un plan pour nous aborder du mieux possible. Je me retournai vers Carolyn.

— Tu n'as même pas encore encaissé ton ticket, protestai-je. Et si tu avais fait une erreur en écrivant les numéros ?

Puis, j'eus une illumination : si elle n'avait pas encore encaissé son ticket, elle sortait bien tout son argent de quelque part. J'avais peur de demander d'où. Elle n'était absolument pas assez riche pour financer un junkie du pari.

— Mon ticket est valide. Je me suis servie de la machine, donc j'en suis sûre. Qu'est-ce que tu veux qui se passe mal ? demanda-t-elle en faisant un grand geste ample de la main, manquant de mettre une claque au groom, qui ne remarqua même pas qu'elle avait jeté son chapeau par terre.

— Plein de choses, dis-je. Peut-être qu'il y a eu une erreur avec les numéros. Et si tu perdais le ticket ? J'espère que tu l'as mis dans un endroit sûr.

Carolyn mit la main dans son décolleté, ce qui nous attira plusieurs sifflets de ses admirateurs. Ses yeux s'écarquillèrent puis elle fut parcourue de sueurs froides.

— Qu'est-ce qui ne va pas ?

Elle posa la main sur sa bouche, horrifiée.

— Il était là il y a quelques minutes. Oh mon dieu ! J'ai perdu le ticket !

Je sentis mon estomac se retourner en pensant au camping-car, à la dette de jeu, et à Dieu sait quoi d'autre que la Tante Pearl avait pu acheter à crédit.

— Au moins on a encore ce qui reste des jetons de Wilt.

J'empoignai son bras au moment où le jeune homme laissait tomber sa dernière poignée de jetons dans la machine à sous et appuyait sur la poignée.

Trop tard. Je jurai sous cape.

Carolyn Conroe explosa de rire et me tapota le dos.

— Du calme, Cen. Je blague.

Le groupe d'enterrement de vie de garçon s'en décrocha la mâchoire en voyant Carolyn ajuster son décolleté et en donnant à sa poitrine un dernier petit coup. Elle leur adressa un grand sourire.

— J'ai toujours le truc, avec les hommes.

J'enlevai Wilt de la machine à sous.

— Non mais stop, cette fois c'est la bonne ! s'exclama-t-il en arrachant son bras de moi. Ça va bientôt payer !

— Ça ne paiera jamais, dis-je. On s'en va tant qu'on le peut encore.

Wilt secoua la tête.

— C'est la première fois depuis longtemps que je gagne, et vous voulez que j'arrête ?

— Vous ne gagnez rien du tout, dis-je. Vous venez de gaspiller tous vos jetons.

— Une défaite temporaire, protesta Wilt.

Je jetai un œil à Carolyn, mais elle était trop occupée pour remarquer quoi que ce soit. Les hommes de l'enterrement de vie de garçon l'entouraient, et se battaient pour son attention. Elle baignait au milieu d'eux avec autant de délices qu'une reine.

J'avais encore un avantage. Wilt ne savait pas que Carolyn était vraiment la Tante Pearl.

Je baissai la voix pour que Carolyn ne puisse nous entendre.

— Wilt, j'ai besoin de votre aide. Tante Pearl a disparu et il faut que je la retrouve. Vous n'êtes pas supposé être son chauffeur et garde du corps personnel ?

Wilt pâlit.

— Euh, ouais. Oh mon dieu. Il faut que j'aille la trouver fissa.

Ça semblait être un peu exagéré, mais au moins Wilt prenait son travail au sérieux.

— Je sais que vous avez besoin de lâcher un peu de lest après une aussi longue route, mais on a besoin de la retrouver en urgence. Elle a besoin de ses médicaments.

Si quelqu'un avait besoin de médicaments là tout de suite, c'était moi, mais Wilt goba mon petit mensonge.

Il s'en décrocha la mâchoire.

— J'ai chié, non ? Pardon, je ne sais pas ce qui m'a pris.

— Tout va bien, Wilt.

Je m'écartai de la machine à sous et lui fit signe de me suivre. L'un des célibataires nous bouscula, agacé d'avoir perdu sa position si proche de Carolyn.

Wilt me suivit, tout contrit.

— Je me suis retrouvé emporté par les cartes au lieu de faire attention à Mademoiselle Pearl. Je n'arrive pas à m'en empêcher, Cendrine. Toutes ces lumières brillantes et ces bruits m'enivrent. J'ai l'impression d'être drogué.

— Ne vous inquiétez pas. Remontez à la suite et voyez si vous pouvez trouver quoi que ce soit. Je chercherai par ici.

Je n'en avais aucune intention, mais Wilt devait sortir du casino. Je devais aussi isoler Carolyn et la convaincre de redevenir la Tante Pearl. Carolyn Conroe attirait trop les regards masculins.

Wilt acquiesça et se tourna pour partir. Il eut à peine parcouru trois mètres qu'un grand baraqué lui bloqua le chemin.

Mon cœur se retourna en reconnaissant l'homme comme Mister Gangster, le joueur baraqué de tout à l'heure.

CHAPITRE 29

— Pourquoi êtes-vous parti de la table ? On commençait tout juste à faire connaissance, demanda Monsieur Gangster en posant une main charnue sur l'épaule de Wilt en griffe. On a un petit problème, vous et moi.

— J'ai fini de jouer, dit Wilt en secouant la tête. J'ai payé toutes mes dettes, alors je ne vois pas le problème.

— Vous ne voyez pas le problème qu'il y a à compter les cartes ? demanda l'homme en resserrant sa prise. Vous ne me trompez pas. Votre main perdante de tout à l'heure n'était là que pour faire joli.

— Ça n'a aucun sens, protestai-je. Il a beaucoup perdu au final, non ?

Je débattis intérieurement de l'utilité d'aller chercher Rocco. Puis je me souvins de la fusillade et décidai que non. Ces rivalités entre familles avaient tendance à mal tourner.

Monsieur Gangster me fit tellement les gros yeux que je crus qu'ils allaient lui sortir de la tête.

— On ne t'a pas sonnée, chérie.

Wilt grimaça de douleur en sentant Monsieur Gangster enfoncer plus profondément ses doigts dans sa chair.

— Je vois bien ce que ta copine et toi préparez, fit-il en faisant un signe de tête vers Carolyn. C'est une diversion, n'est-ce pas ? Elle nous déroute tous pour qu'on ne fasse plus attention au jeu.

— Nope. J'ai gagné à la régulière, fit Wilt en tordant son épaule pour s'échapper de la prise. Je dois y aller.

— Tu files nulle part. Tu me dois un sacré paquet.

Monsieur Gangster lui empoigna le col et le souleva si fort que Wilt manqua de glisser hors de sa chemise. Il faisait à peu près deux fois sa taille, à peu près cent trente kilos, et avait un tempérament disproportionné qui s'y accordait bien.

Wilt secoua la tête.

— Je dois rien à personne. Même pas de les écouter.

La réponse orgueilleuse de Wilt allait nous mettre dans le pétrin et bien. Je tirai sur son bras.

— Wilt, on y va.

Monsieur Gangster poussa Wilt, déchirant le tissu de sa chemise. Un bouton s'en arracha et tomba sur le tapis en peluche du casino. Le visage de Monsieur Gangster arborait le rouge typique de la colère d'un mauvais perdant.

— Carolyn ! criai-je. Ramène-toi par ici !

À ma grande surprise, Carolyn se sortit immédiatement de ses admirateurs.

— Qu'est-ce que c'est que tout ce désordre ?

— On a besoin d'aide ! chuchotai-je. Là, c'est le bon moment pour rembobiner.

— Oh mon dieu, grimaça Carolyn. Wilt est vraiment dans le pétrin. C'est Jimmy, le bras droit de Manny La Manna. C'est un caractère instable de première. Wilt a vraiment le chic pour choisir ses ennemis.

— Tu ne l'as pas reconnu plus tôt ? Il joue avec Wilt depuis que tu comptes les cartes. Comment as-tu fait pour le rater ?

— Il est très différent depuis la dernière fois que je l'ai vu. Il a gagné beaucoup de poids. En plus, je faisais beaucoup de choses à la fois, Cen. Compter les cartes, compter les hommes… Ça devient un peu perturbant.

— Fais attention, Tante Pearl. Il faut qu'on défasse ça.

— Chut… Ne m'appelle pas comme ça. Je suis Carolyn, d'accord ?

— Très bien. Sors-nous de ce pétrin, c'est tout.

Carolyn recula et croisa les bras.

— Tu oses me parler ainsi alors que tu me demandes une faveur, mademoiselle ? Et bien, tu ne fais rien pour t'attirer ma coopération. Tu veux un autre sort de rebobinage ? Fais-le toute seule.

— Mais je ne peux pas...

— Admets que tu as tort et excuse-toi.

Quelques admirateurs de Carolyn s'aventurèrent par ici pour voir ce que c'était que tout ce raffut. Je n'avais aucune envie d'une bagarre générale mais je ne voyais pas pourquoi j'avais à m'excuser. Je n'avais rien fait de mal.

Les bras charnus de Jimmy étaient noués autour du cou de Wilt en plein étranglement.

— Tante Pearl, s'il te plaît... Oublie-moi. Fais-le pour Wilt.

— Arrête d'utiliser mon vrai nom ! s'exclama-t-elle avant de plisser les yeux. Est-ce que tu es désolée, oui ou non ?

— OK, très bien. Je suis désolée. Rembobine le sort et enlève Wilt de ce pétrin !

Je ne pouvais plus supporter de voir une seconde de plus de cette scène. Les yeux de Wilt s'étaient écarquillés sous la prise vicieuse de Jimmy. On aurait dit un insecte sur le point d'être écrasé.

— J'aimerais vraiment que tu pratiques ta propre magie au lieu de te reposer tout le temps sur moi, râla Carolyn sous cape. Si seulement tu t'appliquais un peu.

Je levai les yeux au ciel. Il était trop tard pour y faire quoi que ce soit, mais pour une fois j'étais d'accord avec la Tante Pearl. Dès que je rentrerai à Westwick Corners, j'avais résolu de retourner à mes leçons, ne serait-ce que pour être capable de contrer l'irresponsabilité de la Tante Pearl.

Tante Pearl claqua des doigts.

— Un, deux, trois, faites que ce ne soit pas...

Mon cri de surprise retentit en écho dans le casino tout entier. L'espace caverneux devint étrangement silencieux, sans voix, sans sonnette de machine à sous. Des centaines de parieurs s'étaient tous figés, comme des animations suspendues.

— Oh-oh.

L'hilarité de Carolyn s'était changée en inquiétude.

— Qu'est-ce qu'il y a ?

Je levai les yeux au plafond, me demandant si le sort de rebobinage affectait tout le reste du building, comme les employés de la sécurité observant le sol du casino par caméra. La sorcellerie de la Tante Pearl serait enregistrée pour la postérité si quelqu'un se mêlait de regarder la vidéo de surveillance. J'étais certain que c'était fait dans le casino très régulièrement.

Carolyn grimaça en essayant d'enlever les doigts de Jimmy du cou de Wilt.

— Ça ne fonctionne pas. J'ai arrêté le sort au mauvais moment, et du coup je ne sais pas quoi faire.

— Tu ne peux pas remonter à quelques secondes plus tôt ?

Cela me semblait tellement évident, que je me demandais pourquoi elle le mentionnait.

— Eh non. Je ne peux rembobiner et débiner assez précisément pour m'arrêter en une fraction de seconde. Même si j'étais assez rapide, cela pourrait mettre en danger la sûreté de Wilt.

— Ouais, mais on ne peut pas laisser Jimmy l'étrangler, dis-je en m'avançant vers les deux hommes pour regarder de plus près. Donne-moi ta chaussure.

— C'est pas si terrible que ça, si ? demanda Carolyn en inclinant la tête pour étudier les deux hommes.

Le visage de Wilt était figé sous la terreur et ses mains agrippées autour de l'étreinte mortelle de celles de Jimmy.

— Donne-moi ta chaussure, vite !

Carolyn me donna à contrecœur son talon aiguille. Je logeai le talon pointu sous les doigts de Jimmy et tirai lentement jusqu'à les détacher du cou de Wilt. Puis je me penchai en arrière et tirai aussi fort que possible. Les jointures des mains de Jimmy craquèrent tandis que ses doigts se déroulaient et qu'il se détachait de Wilt. Je perdis aussitôt l'équilibre et tombai à la renverse sur le tapis du casino.

Une demi-seconde plus tard, Jimmy me tomba dessus et tout devint noir.

CHAPITRE 30

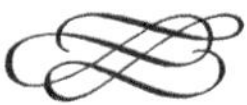

Je m'assis par terre pour découvrir Wilt et Carolyn me regardant avec l'air inquiet.

— Où est Jimmy ? demandai-je, le souffle court en sentant ma cage thoracique reprendre progressivement sa forme normale.

J'avais l'impression d'être une crêpe écrasée après avoir été ainsi aplatie par Jimmy.

— Parti, dit Carolyn en pointant vers la porte en me tendant la main, ayant déjà remis sa chaussure. Lève-toi. On n'a pas de temps à perdre.

Je fis comme elle me l'avait dit, mais je restais perturbée. J'avais aussi un sacré mal de tête. Je me mis à côté de Carolyn et analysai l'étage du casino. Les gens grouillaient autour des machines et des tables, plaçant leurs paris comme si de rien n'était.

— Pourquoi cette agitation ?

Carolyn grimaça.

— Jimmy va tout raconter à Manny, et quand Manny s'en prendra à Wilt il découvrira que j'étais dans le coup. Il y aura du dégât.

Je m'en décrochai la mâchoire

— Manny sait que tu es une sorcière ?

— Bien sûr que oui, Cen.

— Je croyais que c'était une aventure en passant ? demandai-je sidérée car j'aurais pensé qu'il signifiait plus pour elle s'il était au courant de ses talents surnaturels. À quel point est-ce que c'est sérieux entre vous ?

— Je ne fais pas de révélations intimes sous l'oreiller, et je ne vais certainement pas révéler les détails racoleurs de ma vie amoureuse avec ma nièce, me gronda-t-elle en posant les mains sur ses hanches. Ce ne sont pas tes affaires.

— Tu viens d'énerver un gangster. Maintenant, ce sont mes affaires.

Carolyn chassa mon souci de la main.

— On n'a pas le temps pour ça. On ferait mieux de se faire discrets.

Wilt s'avança comme un zombie vers une machine à sous à proximité. Il fouilla dans ses poches, pour enfin les retourner, vide. Carolyn lui fit signe de venir et il nous rejoignit. On sortit du casino vers le lobby de l'hôtel.

Le lobby grouillait d'invités, dont la plupart n'avaient probablement aucune idée qu'une fusillade avait eu lieu plus tôt.

— Je ne laisserai pas tomber avant que tu m'en dises plus sur ta relation avec Manny. C'était avant ou après qu'il ait épousé Carla ?

J'avais l'impression d'être habillée comme un sac à côté de Carolyn, même si ma robe de tous les jours s'accordait plutôt à celle de toutes les autres personnes du lobby.

— Avant, mais je ne vois pas en quoi ça a de l'importance. On s'est rencontrés à une des fêtes de Carla, au moment où elle vivait encore à Westwick Corners. Manny était en ville pendant quelques jours pour les affaires. Il a été immédiatement attiré par moi, sourit Carolyn avant de passer ses doigts dans sa chevelure blonde.

— Attiré par Pearl, ou par Carolyn ?

— En quoi ça a de l'importance ?

— Ça en a beaucoup. Il sait pour la fausse Carolyn ?

— Ouais. Il sait tout. Et n'appelle pas ça comme ça, renifla Carolyn. Carolyn est très réelle pour moi. Et je peux t'assurer qu'elle l'est aussi pour beaucoup de gens par ici. Y compris Manny. Il trouve ça plutôt sexy.

Je me couvris les oreilles.

— J'avais pas envie de le savoir.

Je ne voulais pas imaginer ma grabataire de tante, même sous son alter ego de Carolyn, entreprenant quoi que ce soit d'intime avec un membre du sexe opposé.

Je me retournai et vis que deux hommes de l'enterrement de vie de garçon nous suivaient encore, traînant à quelques mètres de là.

— Je sais que toute cette attention te flatte, mais cela devient flippant. On dirait qu'ils sont en train de nous suivre.

Wilt se mit au garde-à-vous et marcha vers les hommes.

— Je m'en occupe.

Carolyn attendit qu'il fût hors de portée auditive et se penchât plus proche de moi.

— Au moins ils vont occuper Wilt un moment, dit-elle avant de leur envoyer un clin d'œil et de me suivre à l'ascenseur.

Je levai les yeux au ciel, appuyai sur le bouton, et priai pour que les portes s'ouvrent avant que soit Carolyn ou Wilt ne se mettent encore plus dans le pétrin.

Mes prières furent exaucées comme l'ascenseur s'offrit à nous et que j'entrai dans une cabine vide. Carolyn me suivit.

— Jimmy aussi comptait les cartes. C'est pour ça qu'il était aussi furieux. Il n'était pas supposé avoir de compétition à cette table. Manny va penser que j'ai aidé Wilt.

— Mais tu l'as aidé, commentai-je, avant que la déclaration de Carolyn et les énormes implications qu'elle traînait ne s'enregistrent en moi, et que je m'en décroche à nouveau la mâchoire. Attends une seconde. Es-tu en train de dire que Jimmy comptait les cartes avec l'accord du casino ?

Cela impliquait que Rocco était impliqué là dedans.

— Le casino doit savoir. Ils enregistrent tout, alors comment pourraient-ils l'ignorer ? demanda Carolyn en baissant la tête, murmurant à voix basse pour elle

— Eh, attendez-moi ! s'exclama Wilt en sauta dans l'ascenseur juste au moment où les portes se fermaient derrière lui.

Ce qu'il avait raconté à nos admirateurs avait dû fonctionner, parce qu'ils étaient partis.

— Comment est-ce que la sorcellerie est pire que compter les cartes ? Dans tous les cas c'est tricher.

De ce que j'en voyais, Jimmy avait été battu à son propre jeu et était mauvais perdant. Je ne voyais pas en quoi cela regardait Manny ni pourquoi la sorcellerie était pire que le comptage de cartes. Dans tous les cas c'était tricher, pour moi.

— Peut-être, mais Manny ne voit pas ça de cet œil-là. Le comptage de cartes est l'une de ses manières de se faire du blé. Toute sorcellerie qui menacerait son business serait quelque chose qu'il ne saurait tolérer.

— Cette histoire de comptage de cartes semble épouvantablement beaucoup de travail. Il faudrait que Jimmy gagne beaucoup pour que ça vaille le coup…

Je me demandais si notre ami Rocco savait ce qui se passait à son propre casino.

— De quoi vous parlez, les gars ? demanda Wilt en se frottant le front. Qui est-ce qui comptait les cartes ?

— Ne vous occupez pas de ça, on en reparlera plus tard, dis-je avant de me tourner vers Carolyn. Manny ne saura pas que tu es dans le coup.

Carolyn fit non de la tête.

— Les caméras de surveillance. N'importe qui qui les regarderait verrait que tout à l'étage a été figé par mon sort de rebobinage. C'est de la magie, de toute évidence.

— J'en doute. La plupart des gens croiraient que cette paralysie temporaire est un bug technique de la caméra, quelque chose du genre.

— Sauf que nous n'étions pas tous figés, dit Carolyn. Tu ne comprends pas ? Cela prouve en soi que nous sommes des sorcières. Tous ceux qui regarderont les caméras de surveillance nous verront en train de nous déplacer tandis que tout le reste est figé sur place.

— Oh, dis-je. Je n'y avais pas pensé. Mais ça va. On racontera tout à Rocco. Il sait déjà qu'on est des sorcières, et il pourra juste effacer les caméras.

— Hmmm, grimaça Carolyn.

— Quel est le problème ? Manny ne travaille pas dans le casino de Rocco, donc il ne verra jamais de toute façon la vidéo surveillance.

— Je suppose que j'ai dû oublier de mentionner ce détail, dit Carolyn en faisant une pause et en prenant une grosse respiration. Manny a déjà infiltré le casino. Il y a quelques-uns de ses hommes dans le personnel de sécurité du casino. Depuis le départ de Carla, plus rien ne peut l'empêcher de rendre sa prise officielle.

CHAPITRE 31

Je sortis de l'ascenseur et suivis Carolyn et Wilt dans la suite. Après tout le bruit qui retentissait dans le casino et toute la foule d'en bas, l'immobilité de la suite diffusait en moi un étrange sens de calme. Je n'aimais pas l'admettre, mais ça commençait à me faire me sentir chez moi.

— On ne peut pas rester ici. On prend nos affaires et on file, fit Carolyn en se dirigeant vers les escaliers, avant de soudainement se figer sur place. Les hommes de Manny nous ont suivis.

Ma mâchoire se décrocha. Christophe était assis à côté de Maman sur le canapé, une bouteille de bière en main. Cela semblait étrange de boire pendant le service, mais peut-être que les choses fonctionnaient de façon différente à Vegas. Son choix d'alcool était encore plus différent, vu son penchant pour la création de verres fantaisie.

Mais c'était surtout l'homme assis à côté de Christophe sur le fauteuil qui attira mon attention.

— Tyler ! Tu es là !

Il sourit et se leva pour venir m'accueillir.

— Comme je n'entendais plus parler de toi, je me suis inquiété. Ces familles criminelles sont dangereuses, alors j'ai pensé que je ferais mieux de passer. J'ai pris un avion pour venir.

Comme si c'était la chose la plus simple du monde à faire.

— Comment nous as-tu retrouvés ? demandai-je en courant pour venir l'embrasser sur la joue.

Il haussa les épaules.

— Ce n'était pas si compliqué que ça à trouver. Suffisait d'aller là où sont les Racatelli.

Carolyn secoua la tête, clairement peu enchantée de revoir Tyler.

— Te ranger du côté de la loi. Comment as-tu pu, Cen ? Tu as changé de côté.

Tyler grimaça.

— On se connaît ? Vous m'avez l'air familière…

— Je ne crois pas, répondit Carolyn en fixant le regard sur Wilt tandis qu'il sortait sur le patio. Je reviens tout de suite.

— Je viens avec toi, dis-je en suivant Carolyn tandis qu'elle sortait dehors.

— Il faut qu'on te fasse sortir de là, Wilt, lui dit Carolyn en lui faisant signe d'un geste de la main.

— Je viens de vous rencontrer, dit Wilt, faisant une pause sur le seuil de la porte. D'accord vous êtes jolie, mais je vous connais à peine. Pourquoi voudriez-vous vous enfuir avec moi ?

Carolyn soupira et mit les mains en l'air d'exaspération.

— Dis-lui, Cen.

— Lui dire quoi ? répliquai-je, ébahie, parce que je n'allais certainement pas lui expliquer que cette Carolyn n'était qu'un déguisement surnaturel conjuré par la Tante Pearl. Tu as créé ce pétrin. À toi de t'en sortir.

Wilt secoua lentement la tête.

— Vous pouvez vous disputer autant que vous voulez. Il faut que je parte de là avant que ce type vienne me chercher. Je vais m'enfuir dans le camping-car. J'irais peut-être me cacher dans le désert.

— Dans un camping-car géant ? ricana Carolyn. Mais ouais. Comme si personne n'allait le remarquer.

— Pas besoin d'être sarcastique, protesta Wilt.

Je les rattrapai et attrapai son bras.

— Vous êtes dingues ? Vous ne faites pas le poids face à ces bandits. Même si vous quittez Las Vegas, ils se lanceront probablement à votre poursuite.

— Ne sois pas ridicule, Cen. Wilt peut facilement disparaître pour de bon.

— Pour de bon ? demanda-t-il, douteux. Je ne vois pas comment. Je n'ai nul endroit où aller. Je ne suis bon à rien. J'ai même perdu Mademoiselle Pearl.

Je foudroyai Carolyn du regard.

— Tu ne pourrais pas faire quelque chose ?

— Comme me retransformer tu veux d…

— Oui, voilà, rétorquai-je avant de me retourner vers Wilt. Promettez-moi de rester ici avant que je revienne. J'ai peut-être une idée de là où est la Tante Pearl.

Wilt semblait toujours douter.

— Je ne peux pas vous aider si vous ne coopérez pas, Wilt.

— Fais ce qu'elle dit, ajouta Carolyn en me suivant de nouveau à l'intérieur du bâtiment, avant de me gratifier d'un sourire indulgent. Wilt a besoin d'un peu d'air frais de toute façon, donc autant le laisser en profiter un peu. Je pense qu'il a un peu trop bu. En parlant de ça, j'aimerais bien un Cosmo, Chris. Personne ne les prépare comme vous.

Christophe grimaça.

— Je ne vous ai jamais rien préparé à vous.

Je fis comme si de rien n'était.

— Oh, c'est ma faute. J'ai peut-être parlé de vos compétences de barman à Carolyn.

Puis je la foudroyai du regard.

— Un homme de bien des talents, sourit Tyler. Au moins, mesdames, vous étiez entre de bonnes mains sous la protection de Christophe. Il vaut peut-être mieux rester dans la suite pour les heures à venir.

— Pas moyen, rétorqua Carolyn. Il faut qu'on sorte d'ici.

Tyler plissa les yeux.

— Vous êtes sûre qu'on ne s'est pas déjà rencontrés ? J'aurais juré vous avoir déjà croisée à Westwick Corners.

Mon pouls s'accéléra tandis que je me préparais à la réponse de Carolyn. Elle battit des cils, faussement innocente.

— Westwick quoi ?

— Oubliez, fit Tyler avant de se tourner vers moi. Les choses vont bientôt s'envenimer. Promets-moi que vous allez rester dans la suite ?

— On ne va nulle part, répondis-je pour deux.

Carolyn et moi, on continua notre chemin et entra dans la chambre.

— Retransforme-toi tout de suite en Pearl.

— Ça ne peut pas attendre ?

— Non, Tante Pearl. Maintenant.

Pour une fois elle m'écouta.

Je poussai un soupir de soulagement en voyant la Carolyn glamour s'effacer et laisser place à la pragmatique Tante Pearl, se solidifiant devant mes yeux. Elle portait une tenue de tennis blanche, pas exactement son costume de tous les jours. La jupe courte exposait des jambes minces mais ridées avec une touche de tâches de soleil.

— On est vraiment obligé d'inclure la police ?

Je la foudroyai du regard.

— Je ne crois pas qu'on ait le choix.

— Soit. Fais comme tu veux, dit la Tante Pearl en hissant un grand sac en toile blanc de dessous le lit sur son épaule.

— On ne va nulle part, lui rappelai-je.

— Je sais, je sais.

On aurait dit qu'elle allait faire un match de tennis avec son matériel pendu à l'épaule. Je la suivis en bas des escaliers.

— Shérif Gates, quelle surprise !

— Vous allez quelque part, Pearl ? demanda Tyler.

Elle fit non de la tête.

— Nope. Je fais que me préparer pour mon match demain.

— Parfait. Je crois qu'on a tous besoin de rester à l'intérieur pendant quelque temps.

CHAPITRE 32

Être emprisonnée dans la suite d'un hôtel luxueux de Las Vegas n'était pas si terrible après tout, surtout maintenant que Tyler était là. Cela ne m'aurait pas dérangée de prolonger notre séjour encore un peu. J'étais vraiment touchée de savoir qu'il avait parcouru tant de kilomètres juste pour s'assurer que j'étais en sécurité.

Aucun homme n'avait jamais rien fait de la sorte pour moi auparavant.

Peut-être qu'on avait une chance, après tout.

Je lui souris. Il me rendit mon sourire.

— Cela n'a pas été très difficile de te retrouver en sachant que tu allais rendre visite à Rocco Racatelli. Je pensais bien que tu allais te montrer dans son hôtel tôt ou tard.

Rocco.

Tyler.

Je ne ressentais rien pour Rocco pour le moment, mais c'était parce qu'il n'était pas à proximité. Est-ce que son sort d'attraction reprendrait le contrôle de mon libre arbitre à nouveau ? J'étais inquiète de ce que cela signifierait pour Tyler et moi.

— Mais comment…

Mes yeux allèrent vers Christophe puis de nouveau vers Tyler. Ils s'étaient déjà apparemment présentés. Ce qui était une bonne chose parce que je ne savais franchement pas comment expliquer l'existence de notre étrange majordome à Tyler.

Tyler sembla lire dans mon esprit.

— Christophe est un ancien collègue. La seule raison pour laquelle il est dans cette suite, c'est pour votre protection.

— Vous étiez un gangster aussi, Shérif Gates ? Je ne l'aurais jamais cru, bégaya Maman.

Ses yeux s'écarquillèrent sous le choc tandis qu'elle se glissait de l'autre côté du canapé, loin de Christophe. Elle me regarda pour chercher à être rassurée.

— Il est réglo, Maman.

La réaction de Maman me semblait un peu exagérée, surtout en considérant ses choix en matière de petit ami. Tyler rit.

— Ne vous inquiétez pas, Ruby. Christophe et moi travaillions sous couverture. Avant d'arriver à Westwick Corners, je travaillais ici à Vegas.

— Je savais bien que vous étiez trop bon pour être vrai, murmura la Tante Pearl, palissant en regardant Christophe. Mais vous faites de si bons martinis pourtant. Quelle honte !

Christophe sourit.

— Qu'est-ce que vous voulez ? Je suis un homme de bien des talents.

— Pourquoi a-t-on besoin de protection ?

Je savais très bien pourquoi, mais je voulais avoir une réponse claire de la part de Christophe. Si la police considérait la mort de Carla comme accidentelle, sa présence n'avait aucun sens.

— Vous n'avez pas besoin de le savoir pour le moment, répondit Christophe.

— Comment est-ce que vous saviez qu'on viendrait là ? demandai-je. Et Rocco ? C'est lui qui a besoin de protection pour le moment.

Je voulais des réponses, mais n'allais pas bien loin.

— Ne vous inquiétez pas pour lui. Il est protégé. On a pris soin de tout. Maintenant laissez-moi faire mon travail et tout ira bien, dit Christophe.

— On a pas besoin de protection, protesta Tante Pearl. On est parfaitement capables de se débrouiller toutes seules.

J'attrapai la Tante Pearl et la tirai dans la cuisine.

— C'est notre chance de venger Carla. Il faut qu'on montre ce rapport d'autopsie à Christophe.

— Non. Il est sûrement aussi ripou que les autres. Ils sont convaincus que la mort de Carla n'était qu'un accident, et je ne veux pas faire de vagues. Je ne peux pas faire grand-chose au sujet de leur incompétence.

— Franchement, je t'aurais crue capable de faire plus pour venger ton amie. Tu m'accuses de ne pas beaucoup m'appliquer avec ma magie. Mais toi, tu ne mets pas beaucoup d'effort dans ta vraie vie, dis-je en secouant la tête. Je croyais que Carla était ton amie. Tu ne l'aimais donc pas ?

— Bien sûr que si. Mais il y a d'autres façons de rendre justice.

— Aucune de tes idées n'a marché jusqu'ici. En fait, tu ne fais que nous mettre de plus en plus dans le pétrin. Et maintenant ce pauvre Wilt est en danger de mort, juste parce que tu l'as impliqué dans tes plans cinglés de comptage de cartes. Il faut que tu arrêtes tes âneries de sorcière tout de suite, parce que tu fais foirer le peu de choses sur lequel la police enquête.

Je ne savais toujours pas vraiment ce dont il s'agissait et espérais obtenir plus d'informations de la part de Tyler.

— Donne-moi le rapport d'autopsie, dis-je en tendant la main.

La Tante Pearl recula, tendant les paumes.

— On dirait que je l'ai égaré.

— Il vaut mieux que tu le retrouves. Sauf si ce rapport était encore une de tes contrefaçons.

Ses yeux s'humidifièrent.

— Évidemment que non ! Jamais je n'aurais fabriqué quelque chose comme ça. Ça serait horrible.

— Je te donne une dernière chance d'arranger les choses, Tante Pearl, sifflai-je en montrant le living-room. De l'autre côté de cette porte se trouvent deux personnes qui peuvent nous aider. Est-ce que tu préfères leur donner des preuves que Carla a été étranglée, ou leur cacher ce que tu sais ?

— OK, très bien. On va faire ça à ta façon, dit-elle en me chassant vers la porte de la cuisine avant de m'y pousser. Pas de temps à perdre. Jimmy va bientôt arriver à notre poursuite.

— Je vais chercher Wilt.

Je la dépassai et allais au patio chercher Wilt. J'ouvris les portes et entrai. Je fis le tour du pont mais sans trouver de signe de lui. Je ne tardais pas à me mettre à courir en revenant sur mes pas, vérifiant et revérifiant encore chaque recoin et alcôve du pont circulaire. Puis je me penchai par-dessus la rambarde et baissai les yeux vers la rue, où les gens, aussi petits que des fourmis, fourmillaient autour de l'entrée de l'hôtel.

Wilt avait disparu sans laisser de trace.

Je courus vers les portes et manquai de me cogner dans la Tante Pearl.

— Il n'est plus là.

Elle me demanda, la lèvre inférieure tremblotante :

— Oh ? Comment est-ce possible ?

— Tu l'as aidé, hein ? Parce qu'il n'a aucun moyen de quitter le 26ème étage d'un hôtel sans avoir recours à la magie.

Wilt était bien trop négligent et désorganisé pour réussir n'importe quel crime, et encore moins un meurtre. Il était incapable de suivre les combines alambiquées d'une compteuse de cartes.

Mais peut-être que ce n'était pas la faute de Wilt en fait. Je me souvins des commentaires de Wilt dans l'ascenseur. Il avait semblé totalement ignorer cette combine. Les dires de la Tante Pearl comportaient tellement d'incohérences que je ne savais où commencer.

— Retournons à l'intérieur et disons-leur.

Tante Pearl croisa les bras.

— Non.

— Wilt peut échapper à la police, mais pas fuir l'organisation de La Manna pour toujours. Peu importe où il ira, ils finiront par le retrouver et riposter. Et puis il sera trop tard. Au moins avec la police, il sera protégé en garde à vue.

Pour la première fois, Tante Pearl faiblit.

— Je crois que tu n'as pas tort. Ils le suivront à la trace, et je ne pourrais le protéger de ma magie pour toujours.

— Bien. C'est arrangé alors, dis-je en prenant son bras squelettique de ma main et en la dirigeant vers la porte. Je veux que tu racontes tout à Christophe et Tyler.

— Sûre ? Tout ?

— Laisse de côté ce qui a trait au surnaturel, bien sûr. Mais dis-leur tout le reste, y compris toutes ces histoires de liaisons et de mariages de Carla, faux ou vrais.

Je mis un pas à l'intérieur et annonçai la nouvelle.

— Wilt est parti.

— C'est impossible, répondit Maman. Il aurait dû nous passer devant d'abord. Et il n'aurait pas pu sauter d'autant d'étages et survivre.

Et puis elle plaqua sa main sur sa bouche en réalisant ce qui s'était vraiment passé. Tante Pearl toussa.

— Oh c'est pas vrai, siffla Maman tout bas en pinçant le bras de sa sœur. Tu l'as aidé, hein ?

— Aïe ! couina-t-elle en lui claquant le bras. Il fallait que je fasse quelque chose. Sinon, Wilt sera mort dès l'instant où Manny lui mettra les mains dessus.

Tyler s'en décrocha la mâchoire.

— Vous avez aidé Wilt à s'enfuir ? Mais il était dehors il y a un instant…

Son commentaire me sembla bizarre, puisqu'il ne pouvait possiblement savoir ce qui s'était passé dans le casino.

— On le retrouvera. On pourra discuter des détails plus tard, mais Tante Pearl a des affaires plus pressantes à vous raconter. N'est-ce pas, Tante Pearl ?

— Mouais, marmonna-t-elle.

— Parlez, dit Tyler. Et ne nous épargnez aucun détail. Ce sont des gens féroces à qui nous avons affaire.

J'en eus la chair de poule.

— Dis-leur pour les hommes de Manny, qu'ils ont infiltré la sécurité de l'hôtel. Comme la fuite de Wilt sera inscrite sur les caméras de surveillance, il est fichu.

Tante Pearl acquiesça.

— Il est peut-être déjà trop tard.

CHAPITRE 33

Tante Pearl se dirigea vers le vestibule, son sac en toile toujours enfilé sur l'épaule.

— Je sais où trouver Wilt.

— Non, Pearl, dit Tyler. Vous n'allez nulle part.

Elle le foudroya du regard mais retourna au living-room. Christophe se rendit vers les portes du patio. Il dit quelques mots à voix basse au téléphone. Moins d'une minute plus tard, il revenait au canapé.

— Je suis sûr qu'on va retrouver Wilt très rapidement. Mais les gens innocents ne disparaissent pas comme ça. Qu'est-ce qu'il fuit ?

— Manny, bien sûr, répondit la Tante Pearl.

— J'en doute, rétorqua Christophe. Il bénéficie de la protection de la police dans une suite sécurisée. Pourquoi sortirait-il courir le risque de rencontrer Manny, à moins qu'il n'y ait autre chose dans l'histoire ?

— Je n'en peux plus ! Bien sûr qu'il y a autre chose. Seulement, vous êtes trop bêtes pour le voir ! Il est la clé de tout ce qui s'est passé ici, éclata brusquement la Tante Pearl en se pressant la tête des deux mains. Vous ne vous en rendez pas compte, alors autant vous le dire. Danny a tué Carla. Wilt a tout vu.

— Danny « Bones » Battilana ? C'est impossible, parce qu'il était déjà mort. Je veux dire, on l'a même vu aux funérailles, indiqua Christophe en me regardant à outrance et en toussant pour se clarifier la voix.

— Ce qui ne signifie pas qu'il soit mort avant Carla, dis-je.

Christophe fit non de la tête.

— Bien sûr que si. Il était déjà au fond de son cercueil. En plus, sa mort a été déclarée accidentelle.

— Et bien, je tiens de source sûre que ce n'est pas ainsi que les choses se sont passées, dit la Tante Pearl en croisant les bras en défi.

— Je ne vois pas comment. Vous êtes tous arrivés après la mort de Carla, y compris Wilt. Comment aurait-il pu assister à sa mort ? fit Christophe en fronçant les sourcils.

Je me remémorai d'un coup le fiasco du cercueil.

— Il y a toujours quelque chose qui m'ennuie. Aux funérailles, Bones, semblait tellement… tellement…

Je n'arrivais pas à trouver les bons mots.

— Périmé ? demanda Maman.

— Oui, dis-je. À en juger par l'état du corps, il semblait probablement mort avant Carla.

— Mais ce n'est pas le cas, dit la Tante Pearl. Carla a été embaumée, pas lui. C'est pour ça qu'il présentait si mal. En plus, n'importe quel embaumeur qui se respecte aurait camouflé la balle dans son crâne.

Christophe plissa les yeux.

— Vous semblez en savoir beaucoup.

Elle fit non de la tête.

— Pas vraiment. Je suis juste très observatrice.

— Bon, en tout cas une chose est sûre. Rocco n'aurait jamais caché Danny dans le cercueil de sa grand-mère, dit Maman.

— N'en soyez pas si sûre, dit Christophe. Les gens sont capables de tout pour dissimuler leurs traces.

— Est-ce qu'on peut revenir au sujet qui nous intéresse ? s'offusqua la Tante Pearl. Wilt m'a appelé tout de suite après le drame.

— Mais quand ? On n'est pas partis pour Vegas avant…

— Il y a des choses qui existent qu'on appelle des téléphones ou des mails, Cen.

Les relations compliquées de ma tante avec la technologie étaient notoires, et je doutais qu'elle se soit servie de l'un ou de l'autre.

— C'est quand la dernière fois que tu es allée à Vegas ?

Tante Pearl plissa les yeux.

— Il y a un moment.

— Quand exactement ? demanda Christophe, qui inscrivait des notes sur un morceau de papier qu'il avait tiré de la poche de sa chemise.

— Il y a quelques jours.

Maman s'ébahit.

— Avant la mort de Carla ? Pourquoi tu n'en as pas parlé avant ?

— On ne m'a jamais posé la question, rétorqua la Tante Pearl en la foudroyant du regard. Oh, et encore une chose. Personne ne t'a demandé ton opinion. Toutes tes conjectures ne font que compliquer les choses.

Maman s'effondra immédiatement.

— Carla m'a invoquée ici. Elle a dit que c'était top secret, mais quand je suis arrivée, elle n'était déjà plus.

— Tu veux dire morte ? demanda Maman.

— Bien sûr que je veux dire morte, dit Tante Pearl en parcourant les cent pas en face des portes du patio. Je l'ai retrouvée dans la piscine. Ça me fend le cœur de penser qu'elle est morte à quelques pas de nous.

— Elle est morte ici ? s'écria Maman en se levant d'un bond de son siège. Je croyais que Carla était morte chez elle.

— Cette suite était chez elle, dit la Tante Pearl.

— Mais… J'y suis tombée, dans cette piscine, dit Maman d'une voix qui se brisa.

Christophe détourna le regard, clairement mal à l'aise.

— La police a décrété que sa mort était un accident sans même regarder un peu, dit la Tante Pearl. Affaire close. La police locale est soit incompétente soit corrompue.

Tyler s'irrita.

— Ne lancez pas des accusations à tort et à travers sans preuve, Pearl. C'est mon ancien travail, et j'en connais la plupart des hommes. Aucun policier de ma connaissance ne dissimulerait un meurtre.

Je n'aimais pas me ranger du côté de Pearl, mais elle marquait un point.

— Pourtant il y avait quelque chose d'étrange au fait qu'ils aient trouvé Carla sur le dos dans sa piscine. On retrouve pratiquement toujours les noyés sur le ventre.

Cela attira l'attention de Christophe et de Tyler. Christophe gribouilla une note. On n'avait vraiment pas besoin que Tyler et la Tante Pearl se fassent un duel. Maman se plaqua la main sur la bouche.

— Comment as-tu pu ne pas m'en parler ? Tu m'as laissée aller dans cette piscine !

Pearl ignora sa sœur d'un mouvement de main.

— C'est exactement pour ça que je n'ai rien dit. Tu en fais toujours des tonnes.

— Peut-être que Carla est tombée comme Maman. Sauf que son accident à elle était fatal.

Je disais plus ça pour encourager la Tante Pearl, qui semblait peu encline à révéler les détails, à cracher le morceau. On ne pouvait perdre plus de temps à aller au fond des choses.

— Non. Carla a été étranglée, dit-elle en sortant le rapport d'autopsie et en le tendant à Christophe. C'est ce que le médecin légiste a écrit, juste ici dans son rapport.

— Où avez-vous récupéré ceci ? grimaça Christophe.

— Vous en occupez pas, siffla la Tante Pearl. Vous voulez le lire ou non ?

Christophe ne répondit pas. Il suivit les lignes de son doigt en lisant rapidement.

— Pas d'eau dans les poumons. C'est bizarre.

— Vous me croyez enfin ?! s'exclama la Tante Pearl, les yeux pleins de larmes.

— Je ne sais quoi en penser, dit Christophe. Bones est déjà mort. Je connais la médecin légiste pas mal et elle est au-dessus de tout reproche. Ma source m'a dit qu'elle avait qualifié ça de tragique accident. Je ne l'imagine pas mentir ou falsifier un rapport.

— Et bien, je crois que votre source a « menti », rétorqua-t-elle en mimant des parenthèses avec les doigts. La médecin légiste et Wilt sont les seuls à savoir la vérité. Et Wilt est le seul témoin du meurtre de Carla. C'est la vraie raison pour laquelle il est en fuite.

— Il vaut mieux que vous nous aidiez à le retrouver, dit Tyler. Il est peut-être déjà trop tard.

CHAPITRE 34

Manny et ses sbires étaient déjà sous surveillance, et Christophe lança une alerte à toutes les patrouilles pour retrouver Wilt. Je doutais qu'il reste caché longtemps, surtout à voyager dans un camping-car aussi massif. J'avais un brin d'espoir qu'il puisse survivre après tout.

— Si le témoignage de Wilt est vrai, alors c'est que c'est encore une fois le mari, dit Tyler. C'est comme ça pratiquement tout le temps.

— On récupérera son témoignage quand on le retrouvera, dit Christophe en se tournant vers la Tante Pearl. En attendant, dites-moi tout ce que vous savez.

La Tante Pearl leva les paumes vers le ciel.

— Je n'ai rien d'autre à…

— Le faux mariage, la poussai-je.

— Ah ça, murmura-t-elle en me jetant un regard noir. Bones faisait semblant d'être encore un homme en deuil de son ancienne femme, mais il n'a jamais cherché qu'une seule chose : l'Empire Racatelli. Il a forcé Carla à l'épouser. Sinon, il la menaçait de tuer Rocco. Elle a donné son accord, mais l'a devancé. Tous les papiers du mariage étaient faux. La licence de mariage, la cérémonie, tout.

Je me souvins en un éclair des dires de Rocco comme quoi Carla avait établi un contrat de mariage. Elle ne l'avait apparemment pas fait... Elle lui avait sûrement menti pour l'apaiser afin qu'il ne se sente pas menacé.

— Bones pensait qu'en tuant Carla, il hériterait des propriétés Racatelli. Il en écarterait Rocco, au moins financièrement.

Maman soupira de soulagement.

— Merci mon dieu, ce mariage était faux. Cela veut dire que l'héritage de Rocco est en sûreté. Ou en tout cas pas menacé par Bones.

Pearl leva la main.

— Et les gens de Manny La Manna dans l'hôtel ? Il a déjà fait employer ses hommes dans le personnel, et essaie de s'emparer de tout. Il a infiltré les opérations du casino, leur apprit-elle, avant de se tourner vers Christophe. C'est pour ça que vous êtes là ? À cause de sa tentative de coup d'État ?

— Je ne peux pas vous répondre, Pearl. Tout ce que je peux vous dire, c'est que vous êtes en sécurité tant que vous restez ici.

— La rivalité entre les Racatelli, Battilana, et les La Manna existe depuis longtemps maintenant, dit Tyler. Ce n'est pas vraiment un secret. Cette fusillade dans le lobby n'était qu'une escarmouche.

Tante Pearl secoua la tête.

— C'est tellement idiot. Manny était le vrai amour de Carla. Ils avaient vraiment une relation sympa.

Je fronçai les sourcils, comme je croyais jusqu'ici que c'était la Tante Pearl qui fricotait avec Manny.

— M... Mais tu...

— Je te l'ai dit, Manny n'était qu'une aventure, claqua-t-elle. Quand Carla m'a parlé de ses sentiments pour lui, je l'ai immédiatement quitté. Je n'approuve pas ses choix en matière d'époux, mais qui suis-je pour obstruer la voie vers son bonheur ?

J'en eus un hoquet d'exclamation.

— Elle a aussi épousé Manny ? Pour de vrai ?

La Tante Pearl acquiesça.

— Ce mariage était vrai. En fait, il s'est produit juste quelques heures avant sa mort. C'était un mariage secret, et j'étais l'un des deux seuls témoins. C'était Rocco, l'autre.

Alors les choses commençaient enfin à faire sens.

— Cette fusillade ne concernait pas vraiment les Racatelli, hein ? Ça concernait le mariage. Rocco n'aimait pas ça, et Manny n'allait pas le laisser interférer. Manny a eu ce qu'il voulait en fin de compte.

Tante Pearl commença à pleurer.

— J'ai fait tout ce que j'ai pu, mais ça n'a pas suffi au final.

J'avais vu ma tante au bord des larmes plusieurs fois, et surtout ces dernières vingt-quatre dernières heures. Mais je ne l'avais jamais vue pleurer. Je l'étreignis d'un bras sur son épaule.

— Tout va bien. Mais j'aurais préféré que tu nous dises la vérité dès le départ. Ça aurait été beaucoup plus facile pour tout le monde.

On sursauta toutes les deux quand le portable de Christophe sonna.

Il se leva et se dirigea vers la cuisine. Il parlait à voix basse, mais à en juger par son langage corporel, il semblait être sur une bonne nouvelle.

— Ils ont retrouvé la piste de Wilt, et pas trop tôt. Les voyous de Manny sont à sa poursuite. J'espère qu'on l'attrapera en premier.

Maman tremblait.

— Il y a quelques choses dont on devrait s'occuper, Pearl. Comme récupérer les papiers de Carla. Par exemple, les actes de mariage pour commencer. Ils confirmeront vos dires.

Maman était encore un peu instable.

— Je viens vous aider.

* * *

ON MIT MOINS de dix minutes avant de trouver les documents dans le tiroir du bureau de Carla.

— Ils m'ont l'air authentiques, dis-je en montrant l'acte de mariage entre Danny et Carla en tendant les papiers à Tyler.

— Je ne vois pas pourquoi cela ne le serait pas, dit-il. Carla et Bones avaient un certificat de non-opposition au mariage valide, et la cérémonie avait deux témoins, Rocco et le gestionnaire de l'hôtel. Qu'est-ce qu'il y a de faux là-dedans ?

Tante Pearl pâlit.

— Le certificat de non-opposition au mariage… je croyais qu'il était faux.

— Non non, dit Tyler. Ça vient de la chapelle de mariage un peu plus bas. Leur mariage était vrai, pour de bon.

Christophe grimaça.

— Il ne reste qu'une question, et je crois que je connais déjà la réponse. Qui a tué Bones ?

CHAPITRE 35

Si Christophe et Tyler étaient agacés par l'histoire sans arrêt changeante de la Tante Pearl, ils n'en firent rien savoir.

— Il faut qu'on obtienne le témoignage de Wilt, dit Christophe. Il est peut-être plus qu'un témoin.

Tyler acquiesça.

— Peut-être qu'il a tué Carla. Il n'a pas d'alibi, et il est le dernier à avoir vu Carla en vie, dit-il avant de se tourner vers ma tante. Ou en tout cas, selon la version de Pearl.

— Qu'est-ce que vous sous-entendez ? dit-elle en fronçant les sourcils.

Tyler ne répondit pas.

— On découvrira bien assez tôt, fit Christophe en posant son téléphone sur la table. Ils ont Wilt. Il va bien.

— Quel soulagement, dit Maman.

— Je vous l'ai déjà dit. Wilt n'a rien fait, dit Pearl en tapant du pied de frustration. Bones a tué Carla, croyant qu'en tant que conjoint survivant, il hériterait de tout.

— Peut-être que Rocco a mis Bones en place, puis l'a tué, dit Tyler. Après la mort de Bones, le mari de Carla, Rocco récupère tout.

— C'est encore plus ridicule, craqua la Tante Pearl. Arrêtez de jouer aux devinettes et acceptez les faits.

— Peut-être que Manny La Manna a tué Carla, dis-je.

— Manny ne ferait jamais une telle chose ! protesta-t-elle, apparemment offensée par cette suggestion.

— Parce que tu crois que ces types ont un sens de la morale ? demandai-je.

Elle me foudroya du regard.

— Comment ça se fait que vous en sachiez autant sur eux ? demanda Christophe en se grattant le menton. Et au passage, comment saviez-vous que Manny avait infiltré l'hôtel, Pearl ? Vous semblez en savoir beaucoup pour une simple passante.

J'en eus des frissons dans le dos en me rappelant des funérailles, où Christophe avait semblé si amical envers Manny. Si Tyler lui faisait confiance alors il devait être très bien, mais j'étais quand même mal à l'aise.

— Dis-lui, Tante Pearl.

— Je veux l'immunité contre toutes poursuites d'abord.

— On n'est pas à la télévision, Pearl, sourit Christophe. En plus, je n'ai pas l'autorité suffisante pour faire ça. Seul le bureau des Avocats peut faire des deals comme ça. Par contre, je peux vous emmener en ville pour vous faire passer un interrogatoire.

Silence.

— Ou, vous pouvez coopérer et on peut en finir avec les formalités, sourit Christophe. Je sais ce que je choisirais.

— Très bien, grimaça la Tante Pearl avant de s'avachir dans le canapé.

Heureusement Christophe n'était pas intéressé par les détails de la fuite de Wilt, seulement à le retrouver. Il sortit son téléphone qui sonnait et répondit après avoir entendu quelque chose :

— Parfait. On se retrouve dans dix minutes.

Puis il se retourna vers Tante Pearl.

— Ils amèneront Wilt ici dans quelques minutes. En attendant je veux que vous me disiez tout ce que vous savez sur Manny. Je suis tout ouïe. Vous pouvez commencer.

* * *

Tante Pearl finit son récit dix minutes plus tard, en omettant ses liaisons amoureuses avec les uns et les autres. Cela ne me surprenait qu'à peine, puisque ses récits contredisaient la version de Maman. L'une des deux mentait, et je savais très bien laquelle.

Tante Pearl se montra étonnamment ouverte avec Christophe sur Manny et l'infiltration de l'équipe de sécurité. Elle offrit aussi volontiers des informations additionnelles sur les organisations criminelles des Racatelli, Battilana, et La Manna que même lui semblait ignorer.

En tout cas, il joua le surpris. C'était probablement ça : un jeu. C'était un assez surprenant bon acteur, ce que se devait d'être, bien sûr, un bon agent sous couverture. Nous étions toutes tombées droit dans le panneau avec son déguisement de majordome.

— Tout ça c'est ma faute, renifla Tante Pearl. J'essayais juste d'aider Wilt. J'ai promis à Carla que je m'en occuperais si quoi que ce soit lui arrivait jamais.

Maman eut un hoquet de surprise.

— Tu le connaissais d'avant son arrivée à Westwick Corners ?

Tante Pearl acquiesça.

— Il est venu me demander mon aide. Tout ce que j'ai fait c'était l'aider à partir.

Je soulevai les sourcils.

— OK, et peut-être parier un peu à côté. C'est Vegas, après tout.

— Continuez, dit Christophe en ressortant son téléphone. Vous voulez bien que j'enregistre tout ça ?

Elle acquiesça.

— Qui Wilt essayait-il de fuir ? demandai-je, avant de répondre à ma propre question. Bones ? Son meurtre a-t-il quelque chose à voir avec lui ?

Tante Pearl acquiesça lentement.

— D'une certaine façon.

— Comment ça, d'une certaine façon ?

— Wilt avait une énorme dette de jeu. Quand il a découvert qu'en vérité son emprunt venait de Bones, il a été mortifié. Il croyait que Bones voulait le tuer. Mais Bones n'aurait jamais fait ça, parce que ça n'a pas beaucoup de sens en termes de business. Les hommes morts ne paient jamais leurs dettes, mais les hommes effrayés oui. Wilt n'y a jamais songé. Il est si naïf. J'ai dû l'aider.

Je m'en décrochai la mâchoire. D'un coup, les problèmes de jeu de Wilt faisaient sens.

— Wilt est un familier de Las Vegas, n'est-ce pas ?

— Oui, confirma la Tante Pearl d'une petite voix. Il devait bien récupérer l'argent de quelque part, et je me suis dit qu'il n'y aurait pas de problème à l'aider. Wilt et moi formions une équipe, mais Manny et Bones ont tous les deux découvert notre système de comptage de carte. Bones a menacé de tout raconter à Manny, et je savais que Manny n'hésiterait pas à nous tuer si on arrêtait pas.

— Alors, pourquoi n'as-tu pas arrêté ? Ça vous donnait tous deux une raison pour tuer Bones. Est-ce que c'est toi qui lui as tiré une balle ?

Je connaissais déjà la réponse, mais il fallait que je pose la question. Elle sanglota doucement.

— Moi non, mais Wilt oui.

CHAPITRE 36

— Wilt est un tueur ? J'y crois pas !

Je me levai pour faire les cent pas. Tante Pearl soupira.

— Tout le monde peut craquer un jour, Cen. Surtout quand la famille est impliquée.

— Qu'est-ce que tu veux dire ? Quelle est la famille de Wilt ? demandai-je avant de me plaquer une main sur la bouche. Wilt est lié à Bones ?

Elle acquiesça.

— Wilt est le petit-fils de Bones. Il a même un test ADN pour le prouver, mais Bones l'a renié quand même. Il a dit que Wilt était un imposteur, qu'il avait dû d'une façon ou d'une autre falsifier les résultats du test.

— Comment peux-tu être aussi sûre qu'il dit la vérité ? Peut-être qu'il a tout inventé.

Tante Pearl fit non de la tête.

— Wilt n'est pas le seul à avoir découvert ce lien. Je me souviens de sa naissance, je connaissais sa famille. Il n'était encore qu'un bébé quand sa mère et lui, Della, des innocents, se sont fait prendre dans un échange de tirs entre gangs. Le père de Wilt est mort aussi, mais il en faisait partie lui.

Elle fit une pause, avant de reprendre.

— Wilt n'est pas mort ce jour-là, mais on s'en savait rien. Della l'a protégé de son corps, et ça lui a sauvé la vie. Mais Carla ne l'a découvert que des années plus tard. C'était un secret, connu seulement de Bones et de ceux qui l'avaient aidé à maquiller tout ça. Pour faire court, Wilt a perdu ses deux parents ce jour-là.

Elle observa une nouvelle pause.

— Bones se sentait si coupable de la mort de sa fille qu'il ne pouvait même pas supporter de voir son petit-fils. Officiellement, le corps de Wilt n'a jamais été retrouvé. Officieusement, il a été placé dans une famille d'adoption sous une autre identité. Wilt était trop jeune pour connaître ses vrais parents, et ignorait qu'il avait un grand-père tout proche qui l'avait déshérité. Bones envoya de l'argent à ses parents adoptifs tous les mois mais garda le secret. Wilt a grandi sans rien savoir de sa vraie identité.

— Alors comment…

— Carla a découvert les paiements secrets peu de temps après avoir épousé Danny et se demandait ce dont il s'agissait. Elle a engagé un enquêteur pour examiner cette famille d'accueil. Ces paiements remontaient à des décennies, un peu après la fusillade qui avait tué les parents de Wilt, et comme on le supposait, Wilt lui-même. Elle s'était toujours demandé pourquoi on n'avait jamais retrouvé le corps du petit garçon. Maintenant tout faisait sens.

— Comment pouvait-elle être si sûre que c'était lui ?

— La tache de naissance sur son front est unique. C'est la même que quand il était bébé, dit la Tante Pearl. Vous imaginez facilement comment ça s'est passé quand on l'a ramené à Bones.

J'eus un hoquet de surprise.

— Carla lui a demandé des comptes ?

— Bien sûr. Elle voulait que Danny reconnaisse son petit-fils. Elle abhorrait l'idée que Wilt avait grandi dans la pauvreté comme pupille de l'État, quand à quelques kilomètres de là, son grand-père vivait dans l'opulence totale.

— Mais Bones… Enfin, Danny, voulait toujours le dissimuler même après toutes ces années. Il voulait faire comme si Wilt n'avait jamais existé.

Peut-être que cela aurait été mieux pour Wilt d'avoir continué à ignorer à jamais que Danny « Bones » Battilana était son grand-père. Ça ne lui réussissait pas beaucoup pour le moment.

Tante Pearl acquiesça.

— Carla lui a forcé la main, et il a fini par accepter l'existence de Wilt. Mais évidemment ça lui faisait une mauvaise publicité, et il ne voulait pas que ça s'ébruite.

Je grimaçai, comprenant que cela conférait à Wilt aussi un fort motif pour tuer Bones.

— Pourquoi Carla a-t-elle attendu des décennies avant de révéler la vérité ?

— Elle s'est toujours sentie coupable, et elle avait peur de Bones. Mais, en vieillissant, cela l'a hantée de plus en plus. Elle ne voulait pas que Wilt avance dans sa vie sans jamais savoir ses origines. Ça la dévorait, de savoir qu'elle pouvait arranger les choses. Au final, sa conscience a gagné.

J'eus un éclair de génie.

— C'est pour ça que Bones a tué Carla, n'est-ce pas ? Ce n'était pas pour récupérer le contrôle du business des Racatelli. C'était parce qu'il voulait préserver le secret de l'existence de Wilt à tout prix.

Tante Pearl acquiesça.

— Bones a étranglé Carla, puis l'a jetée dans la piscine pour faire croire à un accident. Il s'en est tiré là encore, parce qu'on ne l'en accusera jamais officiellement, dit-elle avant de foudroyer Christophe du regard.

— Il est mort, donc au final il ne s'en est pas tiré, indiquai-je.

— Si vous me donnez assez de preuves, on pourra toujours rouvrir le dossier, déclara Christophe.

Tante Pearl montra le rapport d'autopsie, qu'elle tendit à Christophe.

— Comme dit le rapport, Carla était déjà morte avant d'entrer dans l'eau.

— Il n'y en avait pas dans ses poumons, dis-je en pointant le bas de la page. Sa mort a été inscrite ici comme résultant d'un homicide, pourquoi la police l'a-t-elle classée comme accident ?

Je priais juste pour que ce que Tante Pearl nous avait fourni fût bien le vrai rapport d'autopsie et pas une invention. Christophe lui prit le document.

— Je suivrai moi-même avec la médecin légiste.

Tante Pearl devenait de plus en plus mal à l'aise au fur et à mesure de son récit. Elle jetait sans arrêt des coups d'œil à sa montre, tandis qu'un fin voile de sueur se chargeait sur son front. Elle était un individu à haut risque de fuite et ne s'incriminerait pas sans un peu d'encouragement. Je gardai la main sur son dos et lui fit signe de s'asseoir sur le canapé.

— Continue.

— Je ne sais que ce que Wilt m'a raconté, dit-elle. Wilt voulait aller demander des comptes à son grand-père dès qu'il a appris la vérité. Il était désespéré de savoir que sa propre chair, son propre grand-père, l'avait abandonné. Malheureusement, Wilt a un problème avec le jeu, et ça n'a fait qu'empirer. Avant même qu'il n'ait pu aller affronter Danny et le mettre face à ses responsabilités, il avait déjà accumulé une énorme dette.

— Mais tu n'as rencontré Wilt qu'à Westwick Corners, dis-je. Tu m'as dit qu'on allait à Las Vegas pour les funérailles de Carla.

— Comment crois-tu que j'étais au courant ? demanda-t-elle en se levant du canapé et en faisant les cent pas. Wilt est venu me demander de l'aide immédiatement après sa mort. Elle avait renoué avec lui en secret quelques mois auparavant.

— Renoué ? Je ne comprends pas.

— Carla était la marraine de Wilt. Elle était comme une mère pour Della, et elle était très attachée à son bébé. C'est elle qui a dit la vérité sur Wilt sur sa vraie identité, dit-elle en écrasant une larme. Carla m'a appelée et demandé si je le protégerai au besoin. Puis elle est morte tout d'un coup. C'est là que Wilt est venu me voir. Il a assisté au meurtre de Carla parce qu'il était dans la suite.

— Pourquoi n'en as-tu rien dit à la police auparavant ?

Voilà pourquoi Wilt préférait rester au camping-car que dans la suite.

— Bones n'a jamais fait qu'à sa tête, sans jamais devoir en assumer la moindre répercussion, dit la Tante Pearl. Je ne voulais pas mettre Wilt en danger, parce que Bones n'aurait jamais en toute connaissance de cause laissé de témoins. Bien sûr, rien de cela n'a plus d'importance.

— Peut-être, mais il est mort maintenant, donc il n'a pas vraiment emporté son meurtre au paradis.

— Non, mais les jours de ce pauvre Wilt sont comptés, même sous protection de la police.

— Attends une seconde… Si Carla est morte en premier, son mari légitime ayant suivi en deuxième, est-ce que cela ne fait pas de Wilt l'héritier survivant, plutôt que Rocco ?

Tante Pearl acquiesça lentement.

— Tu vois mon problème ? Ça ne s'arrête pas là.

CHAPITRE 37

Deux officiers de police en uniforme amenèrent un Wilt abattu et épuisé en apparence dans la suite.

— Vous êtes sûr de vouloir l'emmener ici ?

Christophe acquiesça.

— Je veux vérifier quelques petites choses d'abord. Vous, vous restez dans le vestibule et vous gardez l'ascenseur. Je ne veux voir personne entrer, compris ?

Le plus âgé des deux officiers acquiesça et ils reculèrent dans le vestibule, arme de service au poing. Wilt leva ses mains menottées.

— C'était un accident. J'ai juste pointé le pistolet vers Danny, mais il a essayé de me le reprendre. On s'est battu et le coup est parti tout seul. Je n'ai jamais voulu le tuer.

— Ne dis plus rien avant qu'on te récupère un avocat, dit la Tante Pearl en faisant un signe de couteau passant sous sa gorge, avant de me jeter son téléphone portable. Cen, appelles-en un.

Je l'attrapai au vol et m'offusquai :

— Tu aurais pu me laisser te l'emprunter plus tôt !

Elle me l'avait caché à dessein.

— Tout ne tourne pas toujours autour de toi, Cen, dit-elle avant de se tourner vers Christophe, à qui elle jeta un regard noir. C'était de la self-défense. N'importe quel idiot peut le voir.

Christophe l'ignora.

— Pourquoi avoir fait ça, Wilt ? Pourquoi avoir attendu toutes ces années ?

— Je n'ai pas attendu. Je ne savais pas que j'avais des proches encore en vie avant que Carla ne me le dise il y a quelques temps. Elle pensait que c'était mon droit légitime de savoir que j'étais un Battilana, même si Danny le niait.

Tante Pearl leva la main.

— Wilt… Arrête.

— Non, je veux parler, avec ou sans avocat. Je veux clarifier les choses, dit-il avant de prendre une large respiration. Je dormais en haut le jour de sa mort. Je me suis réveillé en entendant des cris et des hurlements de rage en direction du patio. J'ai reconnu la voix de Carla et elle se disputait avec un homme. La dispute a monté de ton et j'ai donc couru dehors. Mais c'était trop tard. Je n'ai pas pu sauver Carla.

Christophe gribouillait furieusement dans son carnet de notes, puis se bagarrait avec son téléphone.

— Ça ne vous dérange pas que j'enregistre tout ça ?

Wilt secoua la tête.

— Je n'ai rien à cacher. Le temps que je sorte, Danny avait déjà les mains autour du cou de Carla. Quand il l'a laissée filer, elle est devenue toute molle. Elle ne respirait plus, mais j'ai essayé de faire de la RCP avant que Danny ne m'écarte d'elle.

— Pauvre Carla, murmura la Tante Pearl. Je lui ai dit de ne rien faire, de laisser les choses telles quelles. Mais elle insistait que c'était la seule bonne chose à faire. C'est ça la véritable raison pour laquelle Bones l'a étranglée.

D'un coup, tout prenait sens. La soudaine apparition de Wilt aux Westwick Corners Gas & Go. Il était allé chercher de l'aide auprès de la Tante Pearl, l'amie la plus proche de Carla. Malheureusement pour lui, Tante Pearl ne pensait pas toujours avec logique. Son plan dingue avait juste aggravé les choses, au point qu'elles avaient failli échapper de contrôle.

— Et ensuite, Wilt ? demanda Tyler.

— Les moments qui ont suivi sont un peu flous. Danny m'a frappé à la tête avec une chaise, et je me suis évanoui. Quand je me suis réveillé, il tirait Danny dans la piscine. C'est là que j'ai pris le pistolet du bureau qui était là, dit-il en montrant le bureau provençal à quelques mètres des portes du patio.

Il fit une pause et reprit.

— Je ne l'ai pris que pour lui faire peur. Je ne savais même pas s'il était chargé, pas le temps de vérifier. Danny m'a foncé dessus et plaqué au sol. La seule chose dont je me souviens ensuite, c'est que le pistolet s'était déclenché. Pendant un moment j'ai cru qu'il avait juste tiré en l'air, mais ensuite Danny s'est effondré sur moi. J'ai su que la balle l'avait touché.

— C'est là que tu m'as appelée, dit Tante Pearl. C'était de la self défense.

Mes yeux croisèrent le regard de Maman et je vis qu'elle pensait à la même chose. Tante Pearl était potentiellement complice du meurtre. Parce qu'elle avait aidé sans aucun doute Wilt à se débarrasser du corps.

Étrangement, Christophe ne posa pas de questions là-dessus. Au lieu de cela, il sortit dans le vestibule dire quelque chose aux hommes en uniforme. Quelques secondes plus tard, ils partirent dans l'ascenseur.

— Manny La Manna a été arrêté pour blanchissement d'argent et trafic, dit Christophe. Il a d'autres charges qui pèsent sur lui, mais je n'ai pas encore le droit de dire lesquelles.

— Où est Rocco ? Est-ce qu'il va bien ? demandai-je en m'imaginant un affrontement Rocco-Manny, et je ne savais pas s'il réussirait à s'en sortir sans blessure.

Christophe acquiesça.

— Il va bien. Il nous aide depuis quelque temps dans nos enquêtes sur la famille de La Manna. Contrairement à Carla, il n'a jamais trempé dans la moindre activité criminelle. Il n'a jamais voulu faire partie de l'organisation criminelle des Racatelli, mais il y est quand même né, qu'il le veuille ou non.

— Pourquoi n'est-il pas là ?

— Il arrive, une fois qu'il aura fini son interrogatoire. C'est lui qui a eu l'idée de vous faire toutes loger ici. Cela l'a beaucoup surpris de vous voir toutes débouler, et il était inquiet pour votre sécurité.

Ces entremêlements de familles criminelles me perturbaient déjà assez, mais c'était encore pire pour les mariages.

— Mais, et le mariage entre Carla et Manny ? Il ne va pas hériter, en tant qu'époux de Carla ?

— Non, dit Christophe. Leur mariage était vrai, mais il était aussi nul et vide, puisque Carla était déjà l'épouse de Danny. Son faux mariage à Danny a fini par se révéler réel, après tout.

Maman eut un hoquet de surprise.

— Elle était bigame, donc… Alors, qui est l'héritier de Carla ? Si c'est toujours Bones… Enfin, Danny… Alors tout revient à Wilt.

Wilt agita ses mains menottées.

— Je n'en veux pas.

— Tu n'auras rien de toute façon. Bones ne peut hériter parce qu'il a tué Carla. Donc Wilt n'aurait pas pu hériter de Bones. Une fois que toutes ces histoires légales seront dépêtrées, Rocco se retrouvera seul héritier, comme avant, dit Tante Pearl.

— Tu es sûre que Rocco n'a pas…

La sonnerie de l'ascenseur retentit et ma voix se coinça dans ma gorge. Manny avait été arrêté, mais peut-être qu'il nous avait envoyé un de ses hommes de main.

Personne d'autre ne sembla s'inquiéter.

— Oui, j'en suis sûr, répondit Christophe. On l'avait sous surveillance vingt-quatre heures sur vingt-quatre les semaines précédant la mort de Carla, jusqu'à aujourd'hui. Et en parlant du loup, le voilà.

Rocco entra dans la suite au petit trot, radieux.

— Je suis vraiment soulagé que tout ça soit enfin fini. J'ai bien besoin d'un verre.

Tante Pearl inclina la tête vers Christophe.

— Christophe, à vous l'honneur.

Maman se leva de son siège et boitilla jusqu'à la cuisine.

— Non, à moi. Christophe m'a donné ses recettes de cocktail tout à l'heure et j'ai hâte de faire des expériences. Je reviens tout de suite.

— Et si vous me faisiez une Margherita, Ruby ? sourit Rocco.

Maman continua à boitiller et s'arrêta au seuil.

— Oublie la Margherita. Je te fais le spritzer spécial de Christophe. Tu sais, celui qui neutralise les gens.

Elle me fit un clin d'œil.

— Ça peut être très pratique en cas de souci. Je vois déjà quelques manières de m'en servir.

CHAPITRE 38

Tante Pearl, Maman et moi étions assises à des machines à sous voisines. J'étais coincée au milieu et me sentais piégée. J'étais coincée avec elles, au moins jusqu'à ce que Tyler rentre du commissariat. Il était allé raccompagner Christophe afin de fournir au commissariat un peu plus de détails sur le passif des évènements de ces derniers temps et pour, j'imaginai, dire bonjour à certains de ses anciens collègues.

J'abattis la poignée mécaniquement, espérant ce fameux brelan insaisissable. On était là depuis plus d'une heure, et je n'avais rien qui permettait de le montrer. Tante Pearl, d'un autre côté, semblait être dans un coup de veine.

Elle se pencha plus proche de moi.

— J'ai utilisé un sort sur Manny pour le neutraliser, me glissa-t-elle avec un sourire. Comme celui que j'ai utilisé sur Rocco et toi.

— Je le savais ! m'exclamai-je. Tous ces sentiments bizarres que j'avais pour Rocco n'avaient aucun sens. Et j'appellerai pas vraiment ce sort quelque chose de neutre.

— OK, prise la main dans le sac, éclata-t-elle de rire.

— Tu m'as manipulée. Comment as-tu osé ?

En plus d'être ouvertement malicieux, cela menaçait de saboter ma relation naissante avec Tyler. Évidemment, c'était exactement son but. L'idée de me voir sortir avec le shérif lui faisait faire un vrai caca nerveux.

Enfin, si je sortais bel et bien avec lui ? J'avais d'un coup des doutes sur notre relation, entre Tyler et moi. Et s'il n'était pas vraiment attiré par moi ? Et si au lieu d'être ses sentiments, c'était encore un coup de Tante Pearl ?

Comment pouvais-je désormais démêler le vrai du faux ?

Cela aurait été la revanche ultime, une sacrée cruauté.

— M'as-tu jeté d'autres sorts ?

— Calme, Cendrine. Si tu pratiquais ne serait-ce qu'un tout petit peu de magie, tu aurais immédiatement vu mon enchantement. Tu aurais pu le contrer. Tout ça c'est de ta faute.

— Allons, Pearl…

Les protestations de Maman tombèrent sur des oreilles sourdes.

Bien sûr que j'avais vu ce sort, mais j'avais préféré jouer les aveugles. Avec Tante Pearl mieux valait souvent garder ses tours pour soi. Elle était complètement imprévisible. Mais elle avait raison sur une chose.

Je ferais mieux de respecter et développer mes talents naturels. Peut-être si j'avais le temps, si je n'étais pas tout le temps occupée à sortir Tante Pearl de multiples catastrophes et fiascos. Mais c'était à moi qu'il revenait de m'octroyer du temps, et j'avais bien l'intention de le faire.

Si j'essayais assez, j'arriverais peut-être même probablement à lancer un sort sur Tante Pearl pour l'empêcher de se mettre dans le pétrin. Ce début d'idée m'électrisa, et je pus à peine attendre de me remettre à ma sorcellerie. Sauf que cette fois, j'avais prévu de pratiquer mes leçons en secret, sans Tante Pearl comme instructrice. J'allais lui montrer.

Je réalisais en un sursaut que je faisais exactement ce que la Tante Pearl voulait depuis le début. Sauf qu'au lieu d'avoir à subir les leçons imposées par ma Tante, je le faisais de mon plein gré.

— Je ne te comprends pas, dit Maman. Tu es déjà millionnaire. Pourquoi est-ce que tu joues ?

— Eh, je pourrais même acheter cet endroit si j'en avais envie, dit Pearl. Je suis plus riche que vous toutes combinées.

Je la foudroyai du regard.

— Pas besoin de nous le dire.

Elle éclata de rire.

— Ça ne va pas me rester longtemps. Ce qui restera après le réglage des notes judiciaires de Wilt ira à mon œuvre de charité favorite.

— Oh ? Laquelle ? demanda Maman.

— La Société de Revitalisation de Westwick Corners.

— Mais ça n'existe pas.

Tout ce que nous avions, c'était de l'huile de coude. Les plaintes constantes de Tante Pearl au sujet des intrus de touristes dans notre ville allaient à l'encontre d'un quelconque projet de revitalisation de l'endroit pour attirer les gens. L'idée qu'elle contribuerait à amener des visiteurs à Westwick Corners défiait toute logique. Je ne la croyais tout simplement pas.

Je sentis des yeux sur moi et me tournai pour faire face à Rocco. L'attirance physique que je ressentais pour lui plus tôt avait disparu, mais elle avait été remplacée par quelque chose de nouveau. Au lieu de l'inimitié que je ressentais pour l'ancien Rocco, mon cœur lui était bien plus chaleureux, sincère. L'âge et la distance nous avaient changé tous deux, et maintenant que le sort avait disparu, j'avais pour lui quelque chose que je n'avais ressenti jamais pour lui auparavant.

De l'amitié.

— Qui est-ce que ça tente un dîner à base de steak ? proposa Rocco en me faisant un signe vers la rue. Il y a un petit restaurant italien sympa pas loin.

— Est-ce qu'il y aura des gangsters ? demanda Maman.

— Je ne peux pas le garantir, mais j'espère, dit Rocco, avant de regarder avec mélancolie le bar. Cet endroit va me manquer, mais pas les paris et les crimes qui viennent avec.

Tante Pearl plissa les yeux.

— Oh non, regardez qui arrive…

Je croisai le regard de Tyler et souris.

— Il peut nous rejoindre pour le dîner.

— Tu es obligée de l'inviter ? s'offusqua la Tante Pearl. Je crois que j'ai perdu l'appétit.

J'eus soudainement le besoin irrépressible d'utiliser le sort d'amitié sur lequel je m'entraînais en secret. Je claquai deux fois des doigts, puis murmurai le sort sous cape.

— Allons-y.

Tante Pearl était radieuse tandis que Tyler passait son bras dans le sien.

— Que pourrait-on rêver de mieux qu'un tel bel homme pour escorte ?

Tyler me fit un clin d'œil et je lui adressai un sourire en retour.

Tante Pearl n'était pas la seule à avoir un tour dans son sac.

CHAPITRE 39

Maintenant que le meurtre de Carla était résolu, et Wilt derrière les barreaux pour le meurtre de Danny « Bones » Battilana, nous n'avions plus de raisons de nous attarder à Las Vegas.

Que la Tante Pearl cause plus de troubles était peu probable, mais je ne serais pas tranquille avant de la savoir sortie en sécurité de la ville. J'insistai pour que Maman et elles se prennent des tickets d'avion de ligne pour rentrer. Une fois que ce fut fait, on se dirigea directement vers l'aéroport.

Tyler nous devança au travers du grouillant aéroport de Las Vegas, chargé des bagages de Maman et de la Tante Pearl sur chaque bras. Maman serrait contre elle un classeur plein des recettes de cocktail de Christophe, tandis que Tante Pearl ne portait qu'un petit sac. Je ne savais pas ce qu'il contenait, mais décidai de ne pas demander. Parfois mieux valait ne pas savoir, surtout avec ma tante. Elle devrait de toute façon passer la sécurité, donc je n'étais pas trop inquiète.

J'agrandis le fossé entre Tyler et nous jusqu'à être hors de portée auditive, dans cet aéroport si brillant.

— Souviens-toi, pas de sorcellerie en vol. Tu n'as pas envie de faire peur au personnel ou aux passagers. Ça se trouve, il risque d'y avoir des Airs Marshalls sous couverture !

— N'utilise pas tes techniques d'intimidation sur moi, mademoiselle, gronda une Tante Pearl dont l'humeur joviale s'était volatilisée. Je me suis déjà faite à ma future captivité dans cette boîte de conserve aérienne. Pas besoin d'enfoncer le clou.

Étrangement, de revoir ma Tante Pearl redevenue son habituelle grincheuse me rassurait.

— Ne t'inquiète pas, Cen. On se comportera normalement, me dit Maman en me pressant la main.

— Pas besoin de nous escorter tout le long jusqu'à la sécurité, tu sais. On est parfaitement capable de s'occuper de nous, comme des grandes, protesta la Tante Pearl.

— Peut-être un peu trop, dis-je. Je veux vous voir monter à bord.

Je savais que ma tante ne nous jouerait aucun tour une fois à bord. Mais il restait un risque qu'elle s'enfuie avant de passer par le portique de sécurité, à vrai dire. Ça, je ne me faisais aucune illusion là-dessus.

— Je ne vois pas pourquoi on ne pourrait utiliser notre magie, protesta Tante Pearl. Ruby et moi on aurait pu se téléporter à Westwick Corners plus vite qu'on y est arrivées à l'aller.

— Plus de sorcellerie, Tante Pearl. En tout cas pas avant d'être bien rentrée à Westwick Corners.

Je m'étais arrangée pour que Tante Amber les retrouve à l'aéroport de Shady Creek et les ramène à Westwick Corners.

Tante Amber était également un haut membre officiel de la WICCA, alors elle avait ses propres raisons pour s'assurer que Tante Pearl se comporte bien. Les punitions que lui infligerait la WICCA seraient probablement minimes, mais il faudrait au moins qu'elle réponde de ses actes à quelqu'un. La dernière chose qu'elle se permettrait de risquer de perdre serait bien son permis de pratique de la sorcellerie.

Et puis certainement quelqu'un du *Shady Creek Tattler* les attendrait à leur arrivée, et c'était bien quelque chose sur lequel je comptais.

— Ne fais rien d'idiot qui compromettra notre tranquille existence à Westwick Corners.

Même si techniquement elle pourrait très bien se téléporter une fois hors de ma vue, dans l'avion, je comptais sur Maman pour l'en dissuader. Les gens ne disparaissaient pas dans des vols commerciaux, et la dernière chose dont on avait besoin c'était bien d'un incident aérien qui nous attirerait l'attention du monde entier. Comme Tante Pearl était déjà dans le pétrin avec son plan de comptage de cartes, j'étais presque sûre qu'elle ne ferait rien de stupide.

On s'arrêta à quelques mètres du portique de sécurité.

— Tu as de la chance que Wilt ait tout confessé, ou sinon tu ne serais peut-être même pas rentrée. On aurait pu t'enfermer dans une cellule comme lui, dis-je avant de jeter un œil à Maman. Garde un œil sur elle, on se revoit dans quelques jours.

— Je crois que j'ai besoin de vacances après ces vacances, riait Maman.

Je n'étais toujours pas sûre de savoir combien Tante Pearl avait gagné au loto. Mais apparemment, cela suffisait à engager un avocat de premier ordre pour défendre Wilt et payer sa caution. Wilt avait prévu de faire une cure de désintoxication du jeu en attendant son procès. Il était entre de bonnes mains.

On attendit au check-in de la sécurité et on se dit au revoir avant que Maman et Tante Pearl ne passent le portique.

Je me tournai vers Tyler et l'embrassai sur la joue.

— Je n'arrive toujours pas à croire que tu aies parcouru tout ce chemin jusqu'à Las Vegas. Comment as-tu que j'avais besoin de ton aide ?

— Instinct. J'avais le sentiment que tu étais complètement perdue.

Il m'attira à lui et pressa ses lèvres contre les miennes.

Je ne savais pas s'il faisait référence aux Racatelli ou à la Tante Pearl, mais je n'avais pas besoin de réponse. J'avais d'autres choses en tête.

On regarda l'avion de Maman et de Tante Pearl décoller, puis on retourna au parking de l'aéroport où le camping-car était garé. Nous avions prévu de le ramener au concessionnaire de Shady Creek où elle l'avait récupéré.

Le camping-car était réel après tout. Tante Pearl ne l'avait pas invoqué. Elle l'avait pris pour un tour de piste et ne l'avait tout simplement jamais rendu. L'avoir fait disparaître une fois, ce n'était que pour me tromper.

C'était bien la seule chose au sujet de ma tante qui était prévisible : elle se donnait tout le mal du monde pour m'induire en erreur dès que possible. Me devancer était comme une forme de loisir pour elle.

Tout le reste était vrai. Tante Pearl avait vraiment gagné au loto, et Wilt était vraiment le petit-fils de Danny « Bones » Battilana.

CHAPITRE 40

Le soleil perça au travers des bas nuages tandis qu'on roulait vers le nord sur l'autoroute. Nous avions traversé des épisodes ensoleillés, pluvieux, et enfin, orageux qui avaient menacé surtout pour le dernier de nous retarder entre les montagnes entre le Nevada et la Californie du nord. On atteignit le sommet juste comme le ciel se dégageait, lumineux, devant nous.

Je jetai un œil à Tyler sur le siège conducteur du camping-car. De traverser l'orage à ses côtés était étrangement réconfortant, et notre refuge sur roues s'en retrouvait étrangement romantique aussi.

Les biens de Manny furent saisis, et il resta en prison sans caution.

Rocco avait décidé de vendre l'hôtel et de se distancier de la « famille ». Un investisseur anonyme lui avait déjà proposé une offre généreuse (avec des encouragements de la Tante Pearl, bien sûr) qui assurait à Rocco une sortie gracieuse… et sûre.

Entre Maman, Tante Pearl et un peu de magie, sa transition sans anicroche vers une nouvelle vie était assurée. Je ne savais ce dont il s'agirait, mais cela n'avait que peu d'importance.

— Oh, j'ai failli oublier, dit Tyler en allant chercher quelque chose derrière le siège avant de me tendre mon sac à main. Je l'ai trouvé sur le siège avant en faisant remorquer ta voiture chez toi depuis la station essence.

Je fouillais dedans et sortis mon téléphone. En le déverrouillant, je constatai, soulagée, que la batterie tenait toujours. Puis je vérifiai ma boîte vocale.

— On dirait que le mot est déjà passé. Le *Shady Creek Tattler* veut mon article. En fait, ils veulent m'engager tout de suite.

Tyler sourit.

— Tu vas accepter ?

Je haussai les épaules.

— Je ne sais pas. J'y réfléchirai peut-être cette nuit.

J'aurais accepté le poste sans condition à peine quelques jours auparavant. Mais avec cette dernière aventure j'avais réalisé qu'à partir d'aujourd'hui, les choses devaient se passer comme je le voulais.

Et je compris soudainement que la sorcellerie me donnait un avantage sur les autres journalistes. Je pourrais écrire des articles que personne d'autre ne pouvait, juste en usant de mes talents naturels. Parce que c'est ce qu'ils étaient : parfaitement naturels. Je devais juste m'armer du pouvoir de quelque chose qui était déjà mien à la base.

— Rentrons à la maison, dis-je en souriant à Tyler, en cherchant quelque chose d'enthousiaste à la radio.

— Attends une petite minute, dit Tyler. Est-ce qu'on n'oublierait pas quelque chose ?

Je fis une revue à la hâte de ma check-list mentale. Bagage, essence, Maman et Tante Pearl amenées en sûreté à l'aéroport.

Check.

Je fis non de la tête.

— Et notre rendez-vous ? sourit tout grand Tyler. J'ai voyagé des centaines de kilomètres pour te voir, et on n'a toujours pas eu notre rendez-vous.

Je lui jetai un coup d'œil et souris. J'étais passé d'obsédée de cette soirée à l'avoir pratiquement oubliée, maintenant que Tyler était à mes côtés. Une partie de cela était due à l'énormité des évènements qui s'étaient déroulés devant nous, mais la vraie raison était qu'être ensemble, c'est tout ce dont j'avais besoin. J'avais déjà l'impression que c'était un rendez-vous. Pas besoin d'un super dîner ou d'une sortie, juste de l'homme à mes côtés.

Mais j'avais quand même un peu honte.

— Vraiment désolée pour notre rendez-vous, Tyler. Je ne m'attendais pas du tout à me retrouver kidnappée ou à aller à Las Vegas, m'excusai-je, songeant que la Tante Pearl avait vraiment le chic pour me mettre des bâtons dans les roues. Je me rattraperai, je te le promets.

— Non, ne t'excuse pas. Ce n'est pas ta faute. En plus, j'ai une idée.

Il prit la prochaine sortie d'autoroute, puis tourna à droite à un carrefour à un demi-kilomètre de là.

— Mais où va-t-on ?

Aucune ville ne se trouvait à proximité, même si l'unique panneau de la route indiquait de l'essence à quelques kilomètres d'ici. Une seule route menait vers Westwick Corners, et ce n'était pas ça. Voilà un kidnapping que je n'allais pas protester.

— Mieux vaut prévenir que guérir, effectivement. Les choses ont tendance à dégénérer quand je suis à court d'essence.

Tyler sourit.

— Ce n'est pas juste une histoire d'essence dont on a besoin, tu verras.

On ralentit comme la route se transformait en terre et s'emplissait de nids de poules. La route étroite s'enroulait autour d'une colline pentue, avec à peine assez de place pour qu'une voiture puisse passer en venant d'en face. Non qu'on ait aperçu beaucoup de trafic. Je me posai des questions sur la viabilité d'une station essence au milieu de nulle part.

Quelques minutes plus tard on arriva à la station essence. Nine Mile Gap était un minuscule hameau au milieu de nulle part. Il était déjà le milieu de la matinée, mais nulle trace de vie où que ce soit, y compris dans la station essence annoncée, un petit bâtiment en tôle avec une seule pompe rouillée. Plus mort que mort.

— Nine mile… C'est à peu quatorze kilomètres, hein ? On dirait pas qu'il y a quoi que ce soit à quatorze kilomètres d'ici, commentai-je en contemplant les fenêtres couvertures de poussières et de graisses comme on se garait près de l'îlot des stations.

— Plus maintenant. C'est là que j'ai grandi, dit Tyler. C'était comme Westwick Corners autrefois. Maintenant ce n'est plus qu'une ville fantôme.

— Même la station essence est fermée…

L'unique pompe qui restait était rouillée, avec des mauvaises herbes enroulées autour du tuyau. Le compteur old-school qui devait tourner au fur et à mesure de la pompe s'était figé dans le temps au prix de vingt centimes le gallon. J'avais de la peine pour Tyler.

Le passage du temps était rarement gentil envers les mémoires. Vous ne pouviez jamais remonter dans le temps sans être déçu. Les choses étaient rarement les mêmes que dans nos souvenirs.

— C'est très bien. On est pas ici pour l'essence, dit Tyler en garant le camping-car tout au bout du parking avant d'éteindre le moteur. C'est ici que commence notre rendez-vous.

Il bondit hors du siège conducteur, contourna le camping-car, et ouvrit la porte côté passager.

— Je connais un petit restaurant sympa par ici. C'est un secret bien gardé, très exclusif.

Je descendis du camping-car, prenant sa main tendue.

On avança depuis la station essence jusqu'à arriver vers un vieux bâtiment de briques à deux étages. Puis on tourna au coin avant d'émerger dans une rue pavée.

Ma mâchoire se décrocha d'émerveillement. On se tenait dans l'artère principale d'une ville fantôme des années 1950 entièrement restaurée. Tout était immaculé, et peint récemment, sans âme qui vive. Comme si le temps s'était figé dans une ère dépassée.

— C'était une cité industrielle, autrefois. Puis la mine a fermé et ça a été oublié.

Je me demandais quels secrets renfermait cette ville derrière cette façade de propreté.

On descendit lentement le long de la rue, main dans la main.

— Cet endroit me rappelle Westwick Corners, mais en encore plus tranquille.

Je n'aurais jamais cru ça possible, et pourtant ça l'était.

Tyler sourit tout grand.

— Je pensais bien que tu aimerais. Maintenant allons-y. J'attendais notre rendez-vous depuis des siècles.

Je suivis Tyler dans un joli petit café avec des jardinières débordantes de lavandes et de capucines. Ce restaurant semblait être le seul endroit ouvert au business. Les panneaux du sol couinèrent sous mes pieds quand je traversai le seuil de la porte vers l'intérieur faiblement éclairé.

Une belle femme dans la fin de la quarantaine émergea du fond du restaurant pour venir nous accueillir et nous fit signe de nous rendre vers le côté du restaurant vers un box fenêtre. Un ventilateur de plafond ronronnait au-dessus de nos têtes, créant une brise rafraîchissante. Je suivis la femme vers un box surplombant une crique où gargouillait l'eau, entourée par une végétation luxuriante. On avait l'impression d'être dans un autre monde.

— Est-ce que ça vous convient ?

L'hôtesse fit un clin d'œil à Tyler, qui acquiesça.

— C'est magnifique, soupirai-je en me glissant sur le siège du box.

La femme me sourit en nous tendant des menus. Tyler nous commanda un coca pour tous les deux.

J'attendis que notre hôtesse fût à moitié en chemin vers la cuisine avant de lever les yeux du mien.

— J'espère que tu n'es pas trop déçu, pour le restaurant français et tout. Je me rattraperai.

Tyler sourit.

— Peu importe où on va. En fait, ici c'est même mieux.

Je froissai le nez.

— Je vois ce que tu veux dire. Les grands restaurants ont des petites portions en général. Là, j'en mangerai un cheval.

Tyler éclata de rire.

— Ce n'est pas ce que je voulais dire.

— Qu'est-ce que tu voulais dire alors ? demandai-je, avant d'avoir l'illumination. L'hôtesse t'a tout de suite reconnu. Tu es allé ici récemment.

— Je suis venu plein de fois, Cen.

D'un coup, je me sentis bizarre.

— Comment ça ? Vous vous connaissez tous les deux, n'est-ce pas ?

— Je me demandais quand tu remarquerais. Ce n'est pas juste ma ville natale, Cen. Cette femme, c'est ma maman.

— Ta maman ?

Ma bouche s'en décrocha et d'un coup je pris conscience de mon apparence en baissant les yeux vers mes vêtements pleins de poussières. Je refis ma queue de cheval.

— Tu ne m'as jamais dit que tu venais d'une ville comme celle-ci…

Il répondit en riant :

— Tu ne m'as jamais demandé.

— Mais je croyais que, comme tu avais travaillé à Las Vegas, que tu venais de là-bas.

— Presque tout le monde là-bas vient d'ailleurs, Cen. Comme je connais déjà ta famille, je me disais qu'autant te présenter la mienne.

Ce fut à mon tour de rire.

— Pas étonnant que tu aimes Westwick Corners. À côté d'ici, ça grouille de vie. Mais ça doit être dur de joindre les deux bouts ici. Comment fait ta maman ?

— Ce n'est pas ici qu'elle fait son activité principale, pas vraiment. Elle a une autre branche de business.

Avant que je n'aie eu la chance de demander plus, la maman de Tyler apparut avec nos cocas. À y réfléchir ; la ressemblance était évidente. La maman de Tyler avait les mêmes yeux bruns et le même sourire chaleureux que son fils.

— Maman, je te présente Cen. Cen, voici ma maman, Vivica.

— Tiens, ma chérie, dit-elle en me souriant en me déposant mon verre devant moi, puis celui de Tyler. J'ai entendu parler de tous les troubles que tu as vécus à Las Vegas. Heureuse que Tyler ait pu t'aider à t'en sortir.

— Cen n'avait pas besoin de mon aide, Maman. Elle s'en est sortie toute seule très bien.

Je rougis.

— Ce n'était vraiment rien. Juste des affaires de famille.

Que j'aimasse cela ou non, les problèmes de la Tante Pearl étaient aussi les miens. Peu importe ses fautes, elle était loyale envers ceux qu'elle aimait, et elle m'aurait aidée aussi.

— J'ai entendu que tu as tout parfaitement géré, sourit Vivica Gates. Surtout en considérant qu'on t'a en quelque sorte jetée aux loups.

Je me demandais exactement ce que Tyler lui avait raconté. Mais au final, cela n'avait pas d'importance. Ce qui était fait était fait. Les gens tireraient leurs propres conclusions. Je changeai de sujet.

— Nine Mile Gap semble très calme.

Vivica soupira.

— Cette ville a connu de meilleurs jours, pour sûr. Il ne reste plus que quelques personnes entre nous qui vivent toujours ici.

— Désolée, dis-je. Ma ville vit la même chose. Tout le monde déménage vers des espaces plus grands.

Vivica acquiesça.

— Tyler m'a raconté pour votre Auberge et vos plans pour ranimer la ville.

— Vous pourriez le faire vous aussi, dis-je. Vous avez juste besoin d'un moyen pour vendre la ville aux touristes.

— Oh, ne vous y trompez pas. J'aime bien cette solitude. Je peux pratiquer ma magie en paix. C'est plutôt agréable de ne pas avoir à cacher vos talents.

Tyler me sourit.

— Vous avez toutes les deux beaucoup en commun.

— V... vous êtes une...

Je n'arrivais pas à le prononcer.

— Une sorcière, prononça Vivica, complétant ma phrase. Oui.

Ma mâchoire se décrocha. Que Tyler puisse supporter les âneries de la Tante Pearl aussi bien n'était plus un mystère. Tout prenait sens.

— C'est ça ton grand secret, hein ? Celui que mentionne toujours la Tante Pearl.

J'avais toujours cru que son secret était quelque chose de sombre, une tache noire dans son passé. Ses yeux bruns s'illuminèrent d'amusement.

— Tu croyais qu'il n'y avait pas d'autres sorcières aux alentours ?

— Tu sais pour nous.

— Bien sûr. Je repère une sorcière à des kilomètres à la ronde.

— Tu savais pour moi ?

Tyler acquiesça.

— Même si je n'en ai vu aucune preuve. Soit tu es extrêmement douée, ou complètement rouillée.

Je souris tout grand.

— On m'a dit que c'était un peu des deux.

— Tu as sûrement hérité de Pearl là-dessus. N'est-ce pas ?

— Oui.

Pour la première fois, j'étais vraiment fière d'être sorcière. Et nièce de Tante Pearl de surcroît.

— Mes bizarreries ne te dérangent pas ?

— Absolument pas, même si franchement je ne peux qualifier la sorcellerie de bizarrerie, Cen, dit Tyler avant de poser sa main sur la mienne. Je t'accepte telle que tu es, pour qui tu es. C'est toi qui te rends si spéciale. Ta sorcellerie n'est qu'un bonus.

La réaction de Tyler était un changement rafraîchissant par rapport à mon dernier petit ami, qui voyait mes talents surnaturels comme gênants et potentiellement à risque pour sa carrière.

— C'est agréable de voir Tyler avec une fille un peu comme sa mère, rit Vivica. Je n'ai pas à prétendre non plus que je suis normale. Je peux me montrer moi-même.

Elle se retourna et partit dans la cuisine avec nos commandes.

— Je ne savais pas que tu étais, euh…

Je tombais à court de mots.

— Un fils de mage ? ironisa Tyler en me pressant la main.

J'éclatai de rire.

— C'est exactement les mots que je cherchais.

Pour la première fois depuis bien longtemps, je me sentais en paix avec toutes les facettes de mon être. J'étais bien dans ma propre peau. Pas à devoir cacher mes talents ou prétendre être une autre. Pouvoir être juste moi-même.

J'étais ici à mille six cents kilomètres de Westwick Corners dans une ville où je n'avais jamais été. Et pourtant, je me sentais entièrement chez moi.

* * *

Vous avez aimé De la Sorcière à la Richesse ?

Lisez le livre suivant de la série :

Le sort vers la gloire

Vous pouvez obtenir les autres livres de Colleen: www.colleencross.com.

NOTE DE L'AUTEUR

Note de l'Auteur

Si vous avez aimé lire *De La Sorcière a la Richesse,* merci de penser s'il vous plaît à laisser un petit commentaire, ou à le recommander à un ami. Le bouche-à-oreille, c'est le meilleur ami des auteurs !

De La Sorcière a la Richesse est le deuxième roman de la série ***Les Petites Enquêtes Surnaturelles des Sorcières de Westwick***, et j'en ai encore bien d'autres de prévus dans cette série de petits polars paranormaux. Tant que vous, lecteurs, continuerez à les aimer, je continuerai à les écrire.

Si vous avez aimé *De La Sorcière a la Richesse* et voulez être les premiers informés des nouvelles parutions et des offres exclusives réservées aux participants, inscrivez-vous à ma newsletter. Vous recevrez des mails seulement 3-4 fois par an, et uniquement quand il y a de nouveaux livres de publiés. Inscrivez-vous sur http://eepurl.com/c1hzCv

J'ai aussi écrit beaucoup d'autres policiers et séries de thriller que vous apprécierez peut-être. Retrouvez mes autres livres sur www.colleencross.com.

Merci beaucoup de votre lecture !

Colleen Cross

DU MÊME AUTEUR

Fraudes : Thrillers judiciaires de Katerina Carter

Stratégie de sortie: Crimes et enquêtes

Theorie des jeux

Formule mortelle

Mise au vert

Rouge vif - Nouvelle

Lune Bleue - Roman court

La Couleur de l'argent : Enquêtes criminelles de Katerina Carter (Coffret 3 volumes)

Thrillers judiciaires de Katerina : Tomes 1 et 2

Thrillers judiciaires de Katerina Carter : Tomes 3 et 4

Les Petites Enquêtes Surnaturelles des Sorcières de Westwick

Charmée de Vous Rencontrer

De la Sorcière à la Richesse

Le sort vers la gloire

Enquêtes Surnaturelles des Sorcières de Westwick

Site Web :

http://www.colleencross.com

Inscrivez-vous à son bulletin d'information pour être immédiatement informé de nouvelles parutions !

http://eepurl.com/c1hzCv

www.ingramcontent.com/pod-product-compliance
Lightning Source LLC
Chambersburg PA
CBHW020610310726
48979CB00008B/1425/J
9781778660238